# El túnel

Letras Hispánicas

Ernesto Sábato

# *El túnel*

Edición de Angel Leiva

VIGÉSIMOQUINTA EDICIÓN

CATEDRA

LETRAS HISPANICAS

Ilustración de cubierta: Mauro Cáceres

© Ernesto Sábato
Ediciones Cátedra (Grupo Anaya, S. A.), 2001
Juan Ignacio Luca de Tena, 15. 28027 Madrid
Depósito legal: M. 4.847-2001
ISBN: 84-376-0089-8
*Printed in Spain*
Impreso en Lavel, S. A.
Pol. Ind. Los Llanos, C/ Gran Canaria, 12
Humanes de Madrid (Madrid)

# Índice

*Introducción*

En un siglo y en un cambiante medio social, cuando todavía el país de los argentinos se extendía desproporcionadamente en cuanto al número de habitantes derramados en esa larga geografía que durante años habría de convertirse en lo que se ha dado en llamar «el granero del mundo», nace Ernesto Sábato en Rojas, pueblecito de la provincia de Buenos Aires, comprendido, hacia el final del siglo XVIII, dentro de la zona fronteriza con el indio. Ernesto Sábato, si no un precursor de la moderna literatura argentina, es un hombre que por la temática y la universalidad de su obra alcanza hoy día un lugar preferencial entre los fundamentales escritores de este siglo.

Sábato es hijo de una familia de italianos inmigrantes, como la inmensa mayoría de los hombres que irán poblando esa región más conocida como la pampa húmeda, donde el abigarramiento y la falta de fe en un destino producirá, en el devenir de los tiempos, unas consecuencias históricas que van a situarse dentro de las catástrofes del mundo contemporáneo. Estas catástrofes constituyen una constante cierta de las ambiciones internas y foráneas y a ellas el autor de *El túnel,* en un pasaje de sus interpretaciones sobre la realidad nacional, caracteriza como frutos de una sociedad deshumanizada.

La personalidad compleja de este pensador-narrador encierra una aguda sensibilidad que nos remite al tiempo de la infancia y al de su adolescencia solitaria, tímida y dueña de una angustia permanente. Esta desazón interior crece en esos años del estudiante Ernesto Sábato en el Colegio Nacional de la Universidad de La Plata, ciudad

11

bien cara a sus afectos personales y donde habría de graduarse en Física. Esta primera vocación científica terminaría, años más tarde, siendo postergada por la llamada de esas urgentes ficciones, «sus desgarramientos interiores, la suma de todas sus ambigüedades y contradicciones espirituales» [1].

Procedente, entonces, del mundo de las matemáticas y de un paisaje donde la naturaleza cobra forma de insostenible metafísica, de figura abstracta y sólida trascendencia, la conciencia y las devociones del espíritu del introvertido-rebelde joven Sábato irían encontrando esa pasión de todos y de nadie, donde el filósofo y el narrador exhumen la fuerza poderosa que entrañan las nostalgias. El principio y el fin por el que todo hombre verdadero se desplaza en busca de las perdidas causas del alma y la palabra.

Ya en su primera novela, *El túnel,* publicada hace casi treinta años, y hasta en la más reciente, *Abaddón, el exterminador,* se puede detectar que la personalidad del hombre, del escritor Ernesto Sábato, no ha padecido la variable que en otros contemporáneos suyos suele hallarse con frecuencia. Y quizá esta resultante ocurra porque, tal como se desprende de la psicología de cada uno de sus personajes, la intencionalidad de Sábato proviene de un clima más próximo al de la madurez que al acto de los creadores espontáneos. Sin olvidar tampoco, es claro, que también él, a lo largo de su obra, recurre a los estados instintivos. Es decir, al mundo de la belleza y sus desesperanzas, allí donde el escritor y el hombre son llevados de la mano propicia al sueño más romántico, hasta convivir con las sentencias del álgebra.

Si bien la técnica utilizada por Sábato en el vasto y complejo espacio de su narrativa no ofrece una variante muy fundamental para los buceadores del entorno formal [2], Sábato es un escritor consecuente con la angustia

---

[1] Ernesto Sábato, *Itinerario,* Buenos Aires, Editorial Sur, 1969, página 165.
[2] Ana M. de Rodríguez sintetiza las ideas de Sábato acerca del problema de la técnica literaria en su excelente ensayo *La creación*

comprometida de su tiempo y, por lo mismo, alguien que busca un mundo armónico entre ese desfase que con frecuencia se le presenta al hombre entre el ser y el alma. Allí es donde Sábato o la obra de Ernesto Sábato adquiere dimensiones nuevas.

No se trata de un escritor cuya creatividad origine ese ilusorio tiempo de lo mágico que en el lector despierte correspondencias con la fábula; más bien Sábato se funda en el argumento que le sugieren sus vivencias, o es el producto de largas generaciones preguntándose un quiénes somos y hacia dónde vamos.

Detrás de esa figura a simple vista huidiza, donde la contextura se entrelaza con el filón de su mirada, abierta en ocasiones frente al diálogo y demostrativa por lo humana, sabe tener una voz cálida y sonante por donde se le escapan las ideas preocupables. Así nos dice, por ejemplo, en *El escritor y sus fantasmas,* obra ensayística en que sistematiza sus obsesiones en torno a la creación literaria:

> «... pues la patria no es sino la infancia, algunos rostros, algunos recuerdos de la adolescencia, un árbol o un barrio, una insignificante calle, un viejo tango en un organito, el silbato de una locomotora de manisero en una tarde de invierno, el olor (el recuerdo del olor) de nuestro viejo motor en el molino, un juego de rescate» [3].

También por el concepto de lo que para Sábato es el hombre, abarcaremos ciertas claves que conforman su obra. Ya en un ensayo del año 1951, *Hombres y engranajes,* señala 'la paradógica circunstancia de que «el ser

_____

*corregida* (Caracas, edición de la Universidad Católica Andrés Bello, 1976, pág. 36):

> «Expuesta someramente la posición de Sábato con respecto a la técnica es la siguiente: La novela es un arte intrínsecamente impuro y como tal rechaza cualquier intento de limitación definitiva. Técnicamente, el fin justifica los medios —pero los medios no justifican el fin. Los experimentos técnicos se tornan decadentes 'cada vez que se prefiere el cómo al qué'.»

[3] E. Sábato, *op. cit.*, pág. 160.

humano parece encontrarse en el mundo como un extranjero solitario y desamparado»[4]. En *El túnel* la conciencia de esta soledad insalvable en la mente paranoica de Juan Pablo Castel determina el crimen: «Tengo que matarte, María. Me has dejado solo»[5].

Esta condición trágica del hombre es una resultante de los errores del pasado, de su ciega confianza en el progreso de la Ciencia y en el poder del dinero. El hombre padece efectivamente una soledad metafísica, dice Sábato, pero es una condición eterna de su naturaleza, que sólo podía serle revelada, tal como la venía sufriendo, en una sociedad poblada de signos y máquinas, una sociedad deshumanizada.

A través de algunas consideraciones sobre el pensamiento de Sábato iremos lentamente conociendo la proyectiva histórico-social del mundo de una obra elaborada en base a ciertos predicamentos de la memoria y de otros hechos que, como la conciencia de la angustia, dotaron al escritor de *El túnel* de una psicología que en el ejercicio del lenguaje nos sorprende como la correspondiente al mundo colectivo.

La desesperanza, el temor, los miedos ante una vida lúdica, hacen de la «nouvelle» *El túnel* el escenario de la diáspora en la que el hombre ve perder su propia identidad: el pasaje entre la vida y la muerte. Una instancia que, en el ámbito de las ficciones recreadas por el escritor argentino, nos devuelve el caos, la maledicencia en la que actualmente se encuentra envuelta esa criatura que es el ser humano.

Nacida, entonces, por algunos engranajes que Sábato mismo se ha encargado de señalar, es su novelística el compendio de un país que durante décadas y décadas —y, si se prefiere, desde sus inicios— se viene desarrollando con violencia. Precisamente, desde este ambiente político-geográfico que el Sábato de los años treinta (cuando la crisis social y económica de los argentinos alcanzó uno de sus puntos más altos) conoció tan de cerca, puesto

---

[4] E. Sábato, *op. cit.,* pág. 31.
[5] E. Sábato, *El túnel,* Buenos Aires, Ed. Sudamericana, 1976, página 139.

que su militancia estudiantil llegó a costarle el acechamiento de las fuerzas represivas y la clandestinidad, se convierte en un personaje para la polémica. Y esta condición tampoco escapa de las dimensiones de su obra.

Preocupado por la ardua tarea conflictiva que es la viva expresividad de un pueblo envuelto desde siempre entre la violencia y la desesperación, Sábato logra en el decurso de su obra el clima justo donde sus personajes, viniendo de la memoria o de la experiencia, configuran los exponentes de una realidad que se vincula con la problemática de los países subdesarrollados.

Aunque universalmente resulta un convencido de las afirmaciones y denuncias como defensa de la vida, su pasión se asienta y desarrolla entre los indistintos gestos de la cotidianeidad hacedora, lo que hace de Sábato un escritor atípico y a la vez poco frecuente dentro del panorama literario argentino.

Doctorado en Física en 1937, concluye, sin embargo, con la acuciante afirmación de que «el escritor y sus fantasmas» lo requieren para el ejercicio de la palabra entre los límites del cielo y el infierno; o sea, donde las divagaciones de la mente, de cara ante el espíritu, encuentren a esa criatura abandonada, enferma, en camino hacia el apocalipsis.

Por estas dos vertientes del fuego y el deseo, y a lo largo de un proceso que arranca desde los años treinta, Ernesto Sábato nos muestra de una manera o de otra las diferencias que se despliegan entre los hechos y las cosas para el logro de una literatura auténtica.

Integrante notable de una generación recordada, en el contexto de esa geografía devastada, como la de «los intermedios», Sábato se encuentra vinculado con ella a impulsos de una llamada empírico-consciente en pos del desarraigo que se fue instalando a lo largo y ancho de la realidad hispano parlante, y más específicamente en un medio donde la inestabilidad socio-económica hace alardes de la política metropolitana originada en base al pensamiento externo e interno de las clases dominantes.

Ernesto Sábato consigue, en medio de la floreciente industrialización de Buenos Aires, el giro clave en el lenguaje y en la cosmovisión, lo que determinó un cambio en la tradicional estética del escritor europeizado.

El escritor argentino se ha propuesto una tarea tan personal como difícil, donde la generalidad se muestra a ultranza de los modelos foráneos. Sábato, a diferencia de los cultores del mármol —fría materia del engaño—, reproduce desde un estertor dostoievsquiano el clima y el paisaje de su historicidad agobiada. Él ,como Arlt, como Güiraldes, cifra en la literatura de la desesperanza algún camino de salida para el hombre común, el cual es dueño de un espíritu apropiado más para el lenguaje de la calle que para el de las especulaciones mágicas o soñadas. Sin embargo, no por esta determinación y por esta lealtad con la realidad, su lenguaje se vuelve un calco de lo inmediato.

En toda verdadera actividad artística, piensa Sábato, hay un primer momento de abandono e inmersión en las capas más profundas del ser, pero «luego, a diferencia del sueño, que angustiosamente se ve obligado a permanecer en ese territorio ambiguo y monstruoso, el arte retorna hacia el mundo luminoso de que se alejó, movido por una fuerza ahora de expresión: momento en que aquellos materiales de las tinieblas son elaborados con todas las facultades del creador, ya plenamente despierto y lúcido, no ya hombre arcaico o mágico, sino hombre de hoy, habitante de un universo comunal, lector de libros, receptor de ideas hechas, individuo con prejuicios ideológicos y con posición social y política»[6].

De formación intelectual independiente, o lo que es lo mismo, escritor más bien lejano a todo ese exitismo que nace como consecuencia, a veces, del «buen» entendimiento entre amigos de capillas literarias, Sábato alcanzó con su literatura el lugar que se merece, y además fue mucho más allá de lo que los vaticinadores del momento le hubieran asignado. Sus novelas, hoy traducidas en gran parte del mundo, y la actitud solícita que ejerce especialmente la juventud hacia su obra, hacen de él un escritor

---

[6] E. Sábato, *Itinerario,* Buenos Aires, Editorial Sur, 1969, página 203.

de mayorías. Cosa por de más difícil, cuando precisamente el tratamiento de este autor respecto al mundo creativo gira, casi todo el tiempo, en torno a la problemática de la descomposición humana.

A diferencia de ciertos escritores que utilizan una temática más propicia al elemento de consumo, Sábato ensaya, por el camino de la realidad, indistintas variantes que impulsan al hombre hacia la perdida necesidad de conocimiento a partir de uno mismo y de los problemas generalmente vistos como entorno; pero, justamente Sábato se encarga de mostrar un nuevo sentido de unidad existente entre persona y cosa. La cosa es lo que produce el hombre. Es decir, que, sin recurrir a la idea folletinesca y rosa de las novelas propias de la civilización y que nos divulgan, crea por momentos una superficie inexpugnable y sórdida que sólo puede ser la equivalencia de ese tiempo al que nos encontramos enfrentando.

Sabida es la consideración polémica que, en mayor o menor medida, despierta entre los intelectuales la figura de Sábato. Y esto tampoco puede ser casual. Desde cualquier tendencia se le ataca o defiende, según el pensamiento del escritor y el hombre se propaguen. Y la verdad, si hay una o más, es que no podrá culparse a Sábato con la estimación oportunista que a tantos cabe en la política de nuestro tiempo. En todo caso, es Sábato un hombre lleno de preguntas y cuyas incógnitas lo elevan a la categoría del pensador empedernido, capaz de producir fricciones hasta en el más acólito de sus ideas.

Sintetizando, entonces, en Sábato literatura y hombre configuran una respuesta destacable, ya que para el mundo contemporáneo, en continua desvinculación con ese símbolo que entrañan las palabras, es necesario un difusor de ideas, un convencido y firme defensor de la naturaleza y del alma. Todo esto lo alcanza el pensamiento crítico del escritor que actualmente reside en Santos Lugares, un distrito de Buenos Aires, que es como decir en un país al que las luchas del tiempo y el espacio no han logrado someter al mundo de la nada. Disputas que se extienden desde largos años, pero frente a las que la miserabilidad de los sueñeros trágicos encontrará siempre una valla de contención y de esperanza en la categoría de hombres como Ernesto Sábato.

## Cronología clave del escritor Ernesto Sábato

1911—24 de junio. Nace en Rojas, provincia de Buenos Aires, Ernesto Sábato. Hijo de inmigrantes italianos, el escritor recuerda con tristeza la ausencia de comunicación afectiva y la soledad de aquellos días en su infancia. Años más tarde y como si él mismo se mirara en aquella ventana de la casa, que también se nos aparece como una obsesión en su novela *El túnel*, el autor dice con respecto a la famosa controversia entre los escritores de Boedo y de Florida, aludiendo a los primeros:

> «Del otro lado, escritores surgidos del pueblo como Roberto Arlt, influidos por grandes narradores rusos del siglo pasado y por los doctrinarios de la revolución, ya que nuestra inmigración fue pobre y proveniente de países con fuerte tradición anarquista y socialista; hijos de obreros extranjeros, esos futuros artistas de la calle aprendieron a escribir leyendo traducciones baratas de Gorki y Emilio Zola, de Marx y Bakunin...»[7].

1924—Adolescente aún y trasladado ya a un ambiente con visos de metrópoli, Sábato es estudiante en el Colegio Nacional de la Universidad de La Plata, ciudad tan unida a sus afectos personales como al desengaño y, más tarde, búsqueda de un pensamiento en crisis, cuando literatura y matemática se abalanzan sobre el contradictorio espíritu del hombre Ernesto Sábato. Con estas palabras recuerda su primer contacto con la categoría de un maestro como el dominicano Pedro Henríquez Ureña:

---

[7] E. Sábato, *op. cit.,* pág. 164.

«Yo estaba en primer año, cuando... entró aquel hombre silencioso y aristócrata en cada uno de sus gestos, que con palabra mesurada imponía una secreta autoridad» [8].

En 1928 egresa como bachiller; al año siguiente ingresa en la Facultad de Ciencias Físico-Matemáticas de la Universidad de La Plata.

«... buscaba en el orden platónico el orden que no encontraba en mi interior» [9].

Comienza su actividad política hacia 1930, militando en organizaciones estudiantiles de orientación anarquista. En 1931 se afilia al Partido Comunista. Llega a ser dirigente de la Federación Juvenil Comunista. Es perseguido hasta el punto de tener que vivir con nombre falso. En estas circunstancias su salud se sensibiliza y sufre una úlcera.

1937—Ya a cuatro años de su viaje a Bruselas como delegado del Partido Comunista al Congreso realizado contra el fascismo y la guerra, y luego de abandonar la militancia partidaria, envuelto en una profunda crisis que lo condujo a París, Sábato regresa a Argentina. En La Plata se doctora en Física. A instancias del eminente sabio Bernardo Houssay obtiene una beca para investigar sobre radiaciones atómicas en el Laboratorio Curie de París. Sábato recuerda esos años definitorios:

«Pero, en el momento mismo en que las ciencias físicomatemáticas me acababan de salvar empecé a comprender que no me servían: eran un refugio en medio de la tormenta, pero nada más (aunque nada menos) que eso. No sé si el espíritu de todos o de algunos pocos es así, pero el mío parece regirse por una alternativa entre la luz y las tinieblas, entre el orden y el desorden.»

[8] E. Sábato, *op. cit.*, pág. 208.
[9] E. Sábato, *op. cit.*, pág. 209.

Luego Sábato agrega:

«De esta manera, cuando todos imaginaban que el laboratorio me absorbería, en el instante mismo en que comenzaba a trajinar en París con electrómetros y radiaciones gamma, en esos mismos días, iniciaba la crisis de retorno, me vinculaba con los surrealistas y comenzaba las páginas de una novela titulada *La fuente muda,* que nunca publiqué. En aquel otoño que precedió a la guerra comprendí que mi vocación era definitivamente la literatura. Y mientras durante el día trabajaba (mal) midiendo las radiaciones del actinio, de noche me encontraba con mis amigos surrealistas» [10].

1943 —Abandonada definitivamente su profesión como científico y su trabajo de profesor en el Instituto de Física en La Plata, Sábato, en compañía de su mujer y de su hijo, decide instalarse en Córdoba. Allí, en medio de la quietud de las montañas, escribe *Uno y el Universo,* su primer libro de ensayo y con el que obtendrá, en 1945, el Primer Premio Municipal de la ciudad de Buenos Aires.

1948 —Distante el tiempo de su primera novela escrita en París y nunca publicada, aparece *El túnel.*

Desde este momento su carrera literaria, espaciada, medida, sigue su rumbo imperturbable, alternando entre el ensayo y la novelística. Viaja asiduamente por Europa y América, difundiendo sus ideas literarias y la metafísica de su pueblo, tan bien explicitado a través de las reflexiones que hace sobre el tango, «este humilde suburbio de la literatura argentina», y sobre la tristeza:

«... Si el mal metafísico atormenta a un europeo, a un argentino le debe atormentar por partida doble, puesto que si el hombre es transitorio en Roma aquí lo es muchísimo más, ya que tenemos la sensación de vivir esta transitoria existencia en un campamento y en medio de un

---

[10] M. Isabel Murtagh, *Páginas vivas,* Buenos Aires, Ed. Kapelusz, 1974, pág. 17. Cita de la obra de Joaquín Neyra, *Ernesto Sábato,* Buenos Aires, Ed. Ministerio de Cultura y Educación, 1973.

cataclismo universal, sin ese respaldo de la eternidad que allá es la tradición milenaria»[11].

«También aquí surgió del anonadamiento en la pampa esa propensión religiosa y esa esencial melancolía del paisano que se siente escuchando una cifra o un triste. A esto se agregó después, cuando el país abrió sus puertas a la inmigración, el sentimiento de exilio en su propia tierra, que tan patéticamente describió Hernández en su poema»[12].

## Panorama histórico-social

El entorno histórico-social en el que se genera y desarrolla la «Generación intermedia»[13], en la que incluimos a Ernesto Sábato, presenta una serie de hechos concretos que conviene destacar, ya que de una manera o de otra han dejado unas señales comunes en los escritores que la integran, aun cuando cada uno de ellos posee una fuerte individualidad creadora.

Volvamos nuestra atención a los años 1900. En el amanecer del siglo, la Argentina, hasta entonces fortalecida sólo por los productos de la pampa húmeda —prolífica, fecunda, tan infinita e inalcanzable para quienes dejan en ella sus esfuerzos, como dominada, casi cetro, para quienes manejan su explotación— yacía en las manos de pocos y comenzaba a resucitar en las de muchos, en las de los innominados.

---

[11] E. Sábato, *Itinerario,* Buenos Aires, Editorial Sur, 1969, página 140.

[12] E. Sábato, *op. cit.,* pág. 175.

[13] Luis Gregorich, «Capítulo», Buenos Aires, Centro Editor de América Latina, 1968, núm. 51, pág. 1201.

Gregorich enuncia la siguiente fundamentación a propósito de esta denominación:

«El nombre de 'intermedio' se aplica a esta generación o grupo de narradores, porque abarca la amplia tierra de nadie que corre entre la actividad y la real vigencia de los grupos de Florida y Boedo (y cuyo término puede fijarse un poco después de 1930) y el estallido de 1955, que ahora sí, con la caída del peronismo y el violento rebrote de la vida literaria que le sigue, basta para congregar a una generación nueva...»

Es por esa época cuando la inmigración española e italiana detona el aletargado panorama político argentino. Pero el surgimiento de las pautas de una política de avance habrá de influir también en la gestación de una cultura, cuyos principales gestores serán los hijos de esos primeros inmigrantes.

Así, la Argentina de los presidentes Figueroa Alcorta, Sáenz Peña, de la Plaza, Yrigoyen en su primer gobierno, y Alvear, fue engendrando una cultura en la que se reconocen, gemelos, el vigor americano y el pensamiento europeo.

Del progresista y pacífico tiempo de Marcelo T. de Alvear nos dice Luis Gregorich:

> «Bajo Alvear, la existencia de los sectores medios es aún relativamente estable, si no holgada; y el clima de tolerancia resultante permite, en el ámbito cultural, la proliferación de movimientos y escuelas que luchan entre sí, sin que nunca, empero, la sangre llegue al río» [14].

Ese país, sobre todo Buenos Aires, comienza a recibir los vitales cambios de una sociedad industrial. En consecuencia va a generarse un proletariado que echa raíces en los alrededores de la capital.

Con el tiempo, a los primeros inmigrantes, de paciente martillo y desnuda cal, a los artesanos y albañiles, se irán agregando los hombres del interior. Hombres que venían de obrajes donde el sol quemaba años y fatigas, traían sólo el desamparo de quienes son asistidos por la naturaleza.

Buenos Aires era para ellos la vertiente de una historia desconocida, pero de la que se sentían partícipes, no tanto por conocimiento como por la intuición propia de los desvalidos. El hombre argentino comienza a reconocer su fuerza como masa trabajadora. El olvido en el que lo habían sumido, muestra el revés del espejo: el obrero no encuentra en sí ninguna semejanza con quienes hasta entonces habían utilizado su imagen.

Ese proceso se ve segado por la minuciosa e indiferen-

---

[14] Luis Gregorich, art. cit., pág. 1201.

te labor antipopulista de los sectores conservadores. En el año 1930 las fuerzas que representan al sector nacionalista y oligárquico deponen al Presidente Yrigoyen. Comienza, entonces, la llamada «década infame», que labraría sus perfiles más notorios en la explotación de las bases y en la entrega del país a los imperialismos foráneos, entre los cuales los ingleses demostrarían su avidez parasitaria.

El poder está en manos de José Félix Uriburu. El hombre medio argentino navega entre la inestabilidad y una paradojal industrialización del país, creciente y poderosa.

Sábato, partiendo de la característica tristeza y resentimiento del argentino, revisa esos años:

> «Y así, junto a los inmigrantes... vinieron los capitales ingleses. La penetración incontrolada y finalmente todopoderosa corrompió nuestra vida política... y, en fin, puso en peligro de naufragio nuestra incipiente nacionalidad... Puede decirse que ese proceso no se detiene y que, en cierto modo, culmina a partir del año 1930, fecha que señala el fin del liberalismo y el comienzo de la gran crisis nacional que seguimos viviendo [15].

Ésta es la primera época, la que engendra el ámbito que Sábato habrá de ver crecer, con penetrante juicio y dolorosa comprensión.

La Argentina se convierte, pues, en dos bastiones: uno, vocero de las clases postergadas, y otro, preservador de las minorías dominantes.

En el ámbito literario también se hace sentir ese antagonismo; por esa época (1920) nacen los dos grupos impulsores de la literatura argentina: el grupo de Florida y el de Boedo. Jorge Luis Borges y Roberto Arlt son, para Sábato, los arquetipos de uno y de otro grupo, el aristocrático Florida y el plebeyo Boedo. A ellos nos referiremos más adelante.

A partir del proceso de cambio que se inició en 1930,

---

[15] E. Sábato, *Itinerario,* Buenos Aires, Editorial Sur, 1969, página 178.

se irá gestando en la Argentina una literatura diferenciada de la precedente, aun cuando es evidente la ausencia de una figura clave que impulse una estética determinada, y aunque los escritores de la generación del 40, o «intermedia», no compartan las mismas pautas creativas; pero podemos afirmar que se trata de una literatura que es una respuesta, a nivel artístico, a la fuerte crisis que experimenta el hombre, tanto a nivel nacional como mundial.

Los escritores jóvenes encuentran un clima confuso para su trabajo; sienten que no tienen cabida entre los continuadores de la línea de Boedo, antiuriburistas, ni entre los que prolongan la actitud del grupo de Florida, en general apolíticos. Sus inquietudes, frenadas por el pesimismo y la apatía, tendrán que ser canalizadas por otras vías que las del trabajo en grupo: los comités estudiantiles o las redacciones de los periódicos.

Con las primeras noticias de la guerra de España las líneas divisorias se profundizan. La Segunda Guerra Mundial conmueve también el espíritu de los argentinos, y en consecuencia las posiciones se escinden nuevamente en favor de uno o de otro frente.

A partir de 1940 la República Argentina ofrece un panorama social crítico. En relación con el año 1918, se sufre un tremendo impacto provocado por un imprevisible aumento de población. De los ocho millones y medio de habitantes de 1918 pasamos en 1940 a trece millones. Este «shock» demográfico tiene graves consecuencias para los argentinos: falta de viviendas y proliferación de las «villas Miseria» (chabolas). También contribuye a crear esta situación crítica el traslado de gran cantidad de habitantes rurales a la ciudad, particularmente a la capital federal, atraídos por las nuevas posibilidades que las recientes fábricas establecidas velozmente en el cinturón de la ciudad prometen.

En 1945 surge la figura del coronel Juan Domingo Perón, quien pronto se erigirá en líder político de los marginados y «cabecitas negras» (como llamara Eva Perón a los provincianos). En 1946 Perón gana las elecciones presidenciales con un fuerte apoyo de las masas populares. Se produce un nuevo éxodo desde las provincias hacia Buenos Aires.

Perón tuvo en cuenta que los sectores pensantes de la Argentina podían ser si no detonadores, por lo menos testimoniadores de una causa cuyas falencias nacían y morían a los pies de un retrato del carismático conductor.

Por ello los intelectuales, salvo contadas excepciones, mantuvieron una sigilosa pero férrea resistencia a quien había proclamado para la salvación de sus principios: «Alpargatas sí, libros no.»

La vida intelectual es ahogada por una política cultural basada en el más rígido y ciego control.

Los escritores de la generación intermedia o trabajan silenciosamente o comprometen sus ideales oponiéndose al régimen peronista.

En 1955, antes de concluir Perón su segunda presidencia, fuerzas militares antiperonistas bombardean la Plaza Mayo.

Los solitarios trabajadores de la palabra y del arte en general vuelven a hacer oír su voz. Hay un entusiasmo nuevo por crear y dar testimonios artísticos acerca de las experiencias de tantos años de lucha interior. Surgen nuevas promociones de escritores jóvenes [16], y los ya maduros hombres de la generación intermedia dan a conocer sus obras con acelerado ritmo.

Los hechos reseñados que abarcan hasta la segunda guerra mundial constituyen el fondo histórico-social sobre el que se formó la generación intermedia. Dice Sábato:

> «Escritores como yo nos formamos espiritualmente en medio de semejante desbarajuste y nuestras ficciones revelan, de una manera o de otra, el drama del argentino de hoy» [17]

Las demás circunstancias atañen a la manera en que cada uno, ya poseedor de una ideología y de una cosmo-

---

[16] Algunos de los integrantes de la generación del 55.
Poetas: Francisco Madariaga, Francisco Urondo, Juan Gelman, Alejandra Pizarnik, etc.; dramaturgos: Agustín Cuzzani, Osvaldo Dragún, etc.; narradores: Juan José Manauta, Humberto Constantini, Beatriz Guido, David Viñas, etc.

[17] E. Sábato, *op. cit.*, pág. 178.

visión definidas, desarrolló su personalidad literaria en ese marco histórico.

Sábato da a luz sus personajes en esa situación de conflicto político y espiritual, cuando el crecimiento acelerado de la ciudad engendró en sus habitantes la tristeza.

La ciudad se alza sobre el hombre mismo; cada articulación de hierro, lo califica, lo clasifica, lo vuelve un engranaje de angustia.

## El ámbito estético

La «generación intermedia» incluye a escritores disímiles totalmente. Este nombre se aplica a aquellos autores que, nacidos entre 1905 y 1925 comienzan a publicar en 1940. Arturo Cambours Ocampo, limitándose al campo poético, la designa con el nombre de «Generación del 40», y encuentra en ella la confirmación de su teoría pendular de las generaciones. En su detallada obra *El problema de las generaciones literarias* [18] señala una actitud de enfrentamiento entre las generaciones del 40 y del 30, y un acercamiento de los del 40 a la generación de la revista *Martín Fierro* de 1922. Estas consideraciones, creemos, podrían aplicarse también a los narradores.

En rigor, estos narradores no acumulan entre sí la mayor parte de los ocho factores que determinan la existencia de una generación, según los señalara Julius Petersen en su obra *Filosofía de la ciencia literaria,* y que son los siguientes: la herencia, la fecha de nacimiento, los elementos educativos, la comunidad personal, la experiencia de la generación, el guía o caudillo, el lenguaje de la generación y el aniquilamiento de la vieja generación [19].

De entre estas determinantes sólo podríamos rescatar el común padecimiento de las circunstancias históricas y sociales ya señaladas y la cercanía de las fechas de naci-

---

[18] Arturo Cambours Ocampo, *El problema de las generaciones literarias,* Buenos Aires, Ed. Peña Lillo, 1963, pág. 20.
[19] Citado por Arturo Cambours Ocampo en *op. cit.,* pág. 23.

miento. Pues sus concepciones estéticas son, con algunas excepciones, diferentes y hasta radicalmente opuestas. Aunque es necesario señalar que esta generación ha otorgado al género novelístico una calidad, tanto a nivel temático como técnico, que puso fin al pintoresquismo gratuito y a la copia de modelos extranjeros que caracterizó a la literatura pasada.

A partir de 1940 las creaciones tienen un carácter marcadamente individualista, son escritores solitarios, que trabajan aisladamente. No están inscriptos en ningún movimiento estético, aunque, con la perspectiva que otorga el tiempo, es posible detectar características pertinentes a alguna línea definida.

Su cercanía radica en que, históricamente, son los escritores posteriores a los movimientos surgidos en torno a la revista *Martín Fierro,* dirigida por Evar Méndez, con la colaboración de Oliverio Girondo y Conrado Nalé Roxlo, entre otros; o sea, son los herederos de la línea Boedo, por un lado, y de la de Florida, por el otro.

Florida, con preocupaciones por la renovación formal, con influencia de la novelística francesa e inglesa (Flaubert, Proust, H. James, V. Woolf, A. Huxley), responde —quizá no tan desatinadamente— a los preceptos de una cultura universal.

Boedo, inclinada a la narrativa de tipo social, con influencia del realismo ruso y el naturalismo de Zola, estaba teñida de esa presencia conmovible para el poeta, el postergamiento de vastos sectores de la sociedad.

Sin embargo, el enfrentamiento de ambos grupos parece que nunca existió. Los creadores de uno y otro sector se alimentaban de los pocos ejemplares que esa cultura, océano por medio, traía como reveladores de un mundo vertebrado por el avance del mecanicismo y la industria. Hubo quienes departieron simultáneamente en ambas tertulias. Escritores que, aunque bregaran por el eco de su mensaje, no podían sustraerse a los pocos focos de cultura de ultramar.

Algunos escritores de la «generación intermedia» prolongan la línea social y realista de Boedo: Alfredo Varela, Joaquín Gómez Bas, Luis Gudiño Krámer; otros tie-

27

nen preferencia por lo psicológico y estetizante: José Bianco, Abelardo Arias.

Pero los narradores más representativos de esta generación no se entroncan de manera tan clara con una u otra línea: así, Ernesto Sábato, Julio Cortázar, Mujica Láinez y Adolfo Bioy Casares.

La novelística de estos últimos, de fuertes raíces nacionales, consigue trascendencia universal tanto por los temas que aborda como por el modo en que es presentada esa temática.

Ofrecemos algunos títulos de la generación intermedia en orden cronológico:

1940: Adolfo Bioy Casares, *La invención de Morel.*
1943: José Bianco, *Las ratas.*
      Alfredo Varela, *El río oscuro.*
1948: Ernesto Sábato, *El túnel.*
      Antonio di Benedetto, *Zama.*
      Leopoldo Marechal, *Adán Buenosayres.*
1952: Joaquín Gómez Bas, *Barrio gris.*
1954: A. Bioy Casares, *El sueño de los héroes.*
      Manuel Mujica Láinez, *La casa.*
1956: Abelardo Arias, *El gran cobarde.*
      Arturo Cerretani, *La violencia.*
1960: Julio Cortázar, *Los premios.*
1961: Ernesto Sábato, *Sobre héroes y tumbas.*

Lo significativo en estos autores de la «generación intermedia» es que logran una trascendencia en conjunto y de forma prolongada, lo que antes sólo habían conseguido aisladamente un Hernández o un Güiraldes.

## Sábato, novelista

Sábato novelista es una consecuencia del Sábato hombre inmerso en la problemática humana y en la esperanza metafísica de la trascendencia del ser. Uno de los caminos más efectivos de búsqueda de esa trascendencia es para el escritor argentino el arte. Dice Sábato que todo arte se proyecta más allá de unas fronteras geográficas nacionales sólo en tanto es profundo y cuando —en el caso específico de la novelística— sus personajes son la manifestación de esos atributos universales del hombre, y a los cuales el escritor alcanza por medio de una intra-proyección en la memoria de la infancia y de la patria.

En *El escritor y sus fantasmas* Sábato expone lo que él considera que es la novela y sus técnicas. Para llegar a hacer un arte verdadero, el escritor debe ahondar en la problemática que sufre y que su realidad le ofrece. En el caso particular del escritor argentino, éste no puede sino construir una obra *problemática* de índole metafísi-ca, ya que su entorno político y social posee, en definiti-va, esta condición dramática. Y Sábato dice:

> «En este desorden, en este perpetuo reemplazo de jerar-
> quías y valores, de culturas y razas ¿qué es lo argentino?,
> ¿cuál es la realidad que han de develar nuestros escri-
> tores?» [20].

Según Sábato el novelista argentino está inmerso en una doble problemática dramática. Por un lado, es partí-cipe de la crisis que atañe a la civilización occidental; y por otro, sufre su propia catástrofe como habitante de un país en el que la violencia es una diaria realidad. Y de este marco vital sólo puede surgir una literatura de tipo metafísico, ya que la consecuencia de semejante experien-cia angustiante es que el hombre se replantea, con mayor urgencia que nunca, qué es y hacia dónde va:

> «La literatura, esa híbrida expresión del espíritu humano
> que se encuentra entre el arte y el pensamiento puro, entre
> la fantasía y la realidad, puede dejar un profundo tes-
> timonio de este trance, y quizá sea la única creación que
> pueda hacerlo. Nuestra literatura será la expresión de esa
> compleja crisis o no será nada» [21].

También en otro ensayo, *Tres aproximaciones a la lite-ratura de nuestro tiempo*, Sábato acomete el mismo dile-

[20] E. Sábato, *op. cit.*, pág. 162.
[21] E. Sábato, *op. cit.*, pág. 162.

ma en torno a la génesis de la creación y su finalidad. Sus respuestas o enunciados confluyen nuevamente con este planteamiento de la literatura como camino de salvación individual y como posibilidad única de indagar la realidad total, sin parcelamientos falsos entre sujeto y objeto. Termina afirmando que la novela es la única capaz de devolver al hombre su unidad, devastada por concepciones filosóficas equivocadas a partir de la civilización moderna:

> «Ya no es posible seguir sosteniendo la absoluta separación entre el sujeto y el objeto. Y el novelista debe dar la descripción *total* de esa interacción entre la conciencia y el mundo que es peculiar de la existencia» [22].

Después de desmenuzar, en el mismo ensayo citado, la ineficacia del «objetivismo» de Robbe-Grillet como análisis y respuesta a las problemáticas del mundo actual, Sábato dice:

> «El auténtico arte de la rebelión contra esta cultura moribunda, por lo tanto, no puede ser ninguna clase de objetivismo sino un arte integralista que permita describir la totalidad sujeto-objeto, la profunda e inexplicable relación que existe entre el yo y el mundo, entre la conciencia y el universo de las cosas y los hombres» [23].

Es fundamental, en este acercamiento a la personalidad de Sábato novelista, no olvidar su temprana adhesión a la ciencia. Puesto que la experiencia que recogió en esos años alimentaron más tarde sus ideas acerca del hombre y sus relaciones con el mundo; despertaron, con mayor fuerza, lo que nunca había estado ausente de él: la convicción de que el hombre es contradictorio y limitado, que en su espíritu luchan constantemente oscuras fuerzas opuestas que marcan su destino. Reconocer esto es, sin duda, un acto doloroso; pero es para Sábato un compromiso para con la vida y el destino de los hombres. *El túnel* es un ejemplo de su necesidad de indagar las relaciones entre conciencia y mundo.

---

[22] E. Sábato, *op. cit.*, pág. 147.
[23] E. Sábato, *op. cit.*, pág. 155.

Superadas las líneas de Boedo y Florida, y como consecuencia de la crisis política y económica que trajo la revolución de 1930, surge entre los intelectuales argentinos un nuevo estado mental de crítica y deseo de encontrar caminos inéditos, con lo que la literatura va a enriquecerse notablemente.

Sábato, lindando entre los herederos de Florida —adheridos a una literatura estetizante y evasiva de la realidad— y los de Boedo —realistas y auscultadores de las problemáticas sociales—, proclama que pertenece a la clase de escritores que:

> «... desgarrados por una y otra tendencia, oscilando de un extremo al otro, terminó por realizar(se) una síntesis que es, a mi juicio, la auténtica superación del falso dilema corporizado por los partidarios de la literatura gratuita y de la literatura social. Estos últimos sin desdeñar las enseñanzas estrictamente literarias de Florida, trataron y tratan de expresar su dura experiencia espiritual en una creación que forzosamente los aleja de la gratuidad y del esteticismo que caracterizaba a ese grupo, sin incurrir, empero, en la simplista doctrina de la literatura social que informaba al grupo de Boedo» [24].

Encontramos en Sábato una preocupación acerca del ser y el destino, y los rasgos definitorios de la cultura nacional. Como resultante de estas preocupaciones gnoseológicas y metafísicas, Sábato hace una literatura que plasma las problemáticas más urgentes del hombre; pero, al mismo tiempo, trata de expresarse a un alto nivel artístico. Muchas veces estas tendencias, por un lado al vanguardismo y por otro a la problemática social, se han considerado como opuestas. A pesar de la crítica, lo cierto es que ya en sus obras Sábato intenta reunir el análisis de la realidad social con el hallazgo o la utilización original de determinadas técnicas. Esta característica no es propia de *El túnel;* pues, como bien lo señala Ángela Dellepiane: «*El túnel* es un libro 'clásico'...» [25].

---

[24] E. Sábato, *op. cit.,* pág. 164.
[25] Helmy Giacoman, *Homenaje a Sábato,* Madrid, Anaya-Las Américas, 1973, pág. 32.

# El neorrealismo de Sábato

No concibe Sábato una literatura realista, a la manera del realismo de las primeras décadas del siglo, o sea, una descripción del ambiente realizada como un modo de transportar un trozo de la realidad a la literatura, ya que con ese procedimiento lo que se consigue es la mayor de las irrealidades, puesto que se desconocen los hilos causales que determinan esa realidad. El novelista debe recrear la realidad en todas sus instancias, para no falsear su esencia histórica.

Este neorrealismo que reconocemos en la obra de Sábato, y que ha sido señalado por los críticos, implica una nueva manera de situarse ante la realidad, una nueva conciencia frente a la jerarquía del entorno. Fernando Alegría señala en un ensayo, breve pero sustancioso, que en el neorrealismo «se busca al hombre proyectado sobre la realidad inmediata» [26]. Y luego, al intentar una definición de la novelística neorrealista, dice: «... el hombre de Hispanoamérica, no ya el ambiente, ocupa el centro de su atención, el hombre angustiosamente afanado en definir su individualidad y armonizarla con el mundo que le rodea, ásperamente dividido en sus relaciones sociales y económicas...» [27].

La literatura de hoy lucha por salvar al hombre de su caos y angustia, tratando de revelarle pliegues de la realidad que antes no se tocaban. Es por ello que «no se propone la belleza como fin, ...más bien es un intento de ahondar en el sentido general de la existencia» [28]. Así no puede ni quiere perderse en la sonoridad de la frase, o en el logro de una metáfora artísticamente original, en la medida en que no esté defendida por una experiencia verdadera.

---

[26] F. Alegría, *La novela hispanoamericana. Siglo XX,* Buenos Aires, Centro Editor de América Latina, Enciclopedia literaria, número 17, pág. 33.

[27] F. Alegría, *op. cit.,* pág. 38.

[28] E. Sábato, *op. cit.,* pág. 167.

El hombre está angustiado porque vive en incomunicación, padece como nunca su propia soledad. El amor, planteado como comunicación, aparece en la novelística actual como un paradigma de la incomunicación total. Pues el cuerpo es un mero objeto y el alma es inapresable. La desesperanza surge, entonces, frente a la comprobación real del fracaso de toda comunicación absoluta.

Sábato ha sido criticado por los izquierdistas de hacer una narrativa reaccionaria, en cuanto indaga en la psicología de casos anormales y porque estudia la tristeza como un rasgo pertinente a los argentinos. Pero él sale al frente de esas opiniones con fundamentaciones válidas en general para toda la literatura. Sábato intenta penetrar y revelar la angustia existencial del argentino de hoy, como una consecuencia de una sociedad injusta que no tiene en cuenta los problemas esenciales de la existencia humana.

## Tradición y originalidad

Se sabe, y muchos grandes artistas lo vienen afirmando que la originalidad absoluta no existe en este mundo. Todas las obras artísticas vienen a ser las resultantes de una cosmovisión y una sensibilidad individuales, pero inmersas y originadas en una sociedad, precedidas y conviviendo con otras proposiciones existenciales con las que inexorablemente tienen algo en común.

Para esa gran cantidad de novelistas latinoamericanos contemporáneos la crítica ha señalado, en cada caso, las influencias más evidentes y generales. James Joyce, William Faulkner, Hemingway, Dostoievsky, Proust, Kafka, W. James y otros actúan inevitablemente como puntos de referencia, antecedentes insoslayables, o bien como fuentes indiscutidas. Son los fundamentos de la novela moderna. Novela de tonalidades múltiples, de tendencias variadas, pero que se reconoce como un nuevo enfoque de la vida. Además, el estilo literario de la novela moderna es inconfundible.

Con los nuevos novelistas se descubre la realidad, falseada en las producciones anteriores por el pintoresquismo y el encantamiento de la Naturaleza que relegaba al hombre fuera de su entorno. Esta realidad nueva que nos presentan, es una realidad reflejada por una conciencia sobrecargada del drama humano que padecen los hombres en las sociedades modernas. La utilización del narrador en primera persona, la técnica del punto de vista, el monólogo interior (con todas sus variantes), la importancia del factor tiempo (el tiempo subjetivo, no el de los relojes), el rescate del lenguaje coloquial, son los medios con que el escritor quiere dar testimonio real de la angustia del hombre, del absurdo del mundo y de la ambigüedad de la realidad. Esta novelística no pretende dar soluciones, sino problematizar al lector sobre su realidad. La memoria, en la cual se inscriben los recuerdos, es de fundamental importancia, así como el mundo de los sueños, la alucinación; lo maravilloso y fantástico de la realidad.

Lo que individualiza a los novelistas latinoamericanos no es la larga lista de antecedentes e influencias, sino la fuente cultural común que ninguno de ellos puede negar.

Lo que sucede con estos escritores como Fuentes, Sábato, Cortázar, García Márquez, Vargas Llosa, Rulfo y otros muchos, es que en sus obras hay una voluntad de crear una literatura a partir de la realidad y la cosmovisión particular del latinoamericano; de este modo, el problema de las influencias es de orden secundario, aunque útil para rearmar los caminos elegidos por cada escritor para mostrar esa cosmovisión.

En la literatura de los años 40, en general en América latina, predomina la actitud crítica en la captación de la realidad, superando vastamente a la novelística de los años anteriores, que se caracteriza por un apego a unos horizontes demasiado estrechos, dentro de los cuales pronunciaban determinadas tesis y denuncias de tipo social acerca de la injusta realidad del campesino y del indio sobre todo. Esta visión romántica y redentora de la honda problemática humana existencial se veía plasmada en una estructura de corte realista y naturalista que, sin embargo, constituyó un aporte fundamental y auténtico para el posterior desarrollo de la novela. Autores argentinos como Benito Lynch y Ricardo Güiraldes dejaron obras de gran importancia como *Los caranchos de la Florida* y *Don Segundo Sombra.*

Emir Rodríguez Monegal en su ensayo *Tradición y renovación* [29], señala que hubo en América, en lo que va del siglo, tres momentos de crisis, de ruptura: 1920, 1940 y 1960. La del 40 tuvo como marco histórico, la guerra española y la segunda guerra mundial, con la crisis de 1920 de fondo influyente. Cada uno de estos momentos se movió hacia dos objetivos antípodas: primero, romper con la tradición, pero salvando los principios más valiosos; y segundo, proyectarse hacia el futuro con una literatura fundada en los nuevos valores.

Para Emir Rodríguez Monegal la ruptura que se detecta en la década del 40 va unida al existencialismo, y todos los escritores centran su problemática alrededor de casi las mismas cuestiones, que son cuestiones de orden metafísico y ético. De esta manera, superan la concepción de la literatura como un arma, un compromiso de tipo político. Sus búsquedas —el destino, la esencia del ser, la relación del ser con el mundo—, aunque iluminadas por concepciones anteriores, tales como el pensamiento de Sartre, el superrealismo, las ideas de Heidegger, Céline, Faulkner, Jarry, Lautréamont, Artaud, están íntimamente ligadas a la realidad latinoamericana.

En suma, es una literatura de crítica, en su sentido etimológico, de la realidad total. Y el compromiso de esta literatura es con la literatura misma.

Para Monegal existe en esta literatura una integración de la ruptura en la tradición; el escritor destruye, desmitifica una serie de valores que llegaron a institucionalizarse y los sustituye por otros diversos, o que son los más aprovechables del pasado, pero con un nuevo significado.

La obra de cada escritor de los años 40 es personal e intransferible. Tienen de común, dice Monegal:

---

[29] E. Rodríguez Monegal, apud *América latina y su literatura,* México, Ed. Siglo XXI, 2.ª ed., 1974, págs. 139 y ss.

«... La huella dejada en su obra por los maestros de la promoción anterior... la influencia visible de maestros extranjeros como Faulkner, Proust, Joyce y hasta Jean-Paul Sartre».

Y luego agrega:

«Pero no son las influencias, reconocidas y admitidas casi siempre, las que caracterizan mejor a este grupo, sino una concepción de la novela que, por más diferencias que se pueda marcar de una a otra obra, ofrece por lo menos un rasgo común, un mínimo denominador compartido por todos. Si la promoción anterior habría de innovar poco en la estructura externa de la novela y se conformaría con seguir casi siempre los moldes más tradicionales (tal vez sólo *Adán Buenosayres* haya ambicionado, con evidente exceso, crear una estructura espacial más compleja), las obras de esta segunda promoción se han caracterizado sobre todo por atacar la forma novelesca y cuestionar su propio fundamento» [30].

Ernesto Sábato nos expone en sus obras los conflictos y las corrientes de pensamiento actuales, desmitifica el poder exclusivo de la razón y renueva el concepto de lenguaje. En Sábato, como ya y tal vez por primera vez en Roberto Arlt, encontramos los «subterráneos metafísicos» de la gran ciudad. Es un nuevo realismo, sin tesis, sin determinismos del mundo exterior.

## El túnel

Una actitud lúdica y a la vez profunda se nos aparece sobrevolando el clima que viven los personajes dentro de la novela *El túnel*. Un episodio, que entre la realidad y la ficción, enmarca la envolvente historia de los protagonistas, inmersos en ese drama de los días. Como ocurre en la realidad, el pintor Juan Pablo Castel y Ernesto Sábato,

---

[30] E. Rodríguez Monegal, art. cit., págs. 157 y 158.

o el hombre, se confunden con María Iribarne, especie de pesadilla que la niñez, en un sitio del tiempo, rememora para convertirse en algo trascendente que nos obligue de cara a los fantasmas del entorno a tratar de conocernos.

Narrador y personajes crean indistintas variables que la vida les ofrece, el ámbito necesario para que, a través de una justeza del lenguaje y del trabajo introspectivo, la obra se convierta en esa especie de parábola donde el hombre asiste a la contemplación de su propio rostro viniendo de la duda, y al cotidiano tiempo del perseguidor en busca de lo aparente inalcanzable, que es la dicha. Pero la dicha, ya no como continuidad de esa entelequia que es la felicidad, sino la dicha vista como objeto posible de alcanzar, en tanto sirva al hombre en su camino esperanzado de lucha por la vida.

Ernesto Sábato, viejo auscultador del estado de las dudas y de la existencia de su tiempo, contrae en 1948 —cuando aparece *El túnel*— un nuevo compromiso con la literatura o, en su debido caso, con la vida. Novelar el resquebrajamiento del alma es, tal vez, como una forma de explorar el Universo humano y, de este modo, situar sobre el tapete de las realidades la mezquindad, el amor, la incomprensión, los tedios y aquel horrible sentirse solo entre las multitudes.

*El túnel,* especie de cabalística que abunda en el conglomerado espejismo por el cual deambulamos, no es la novela por la novela en sí. Es la obra que sucede después que el investigador mezcló en el laboratorio de sus actos las distintas sustancias, para tampoco hallar una respuesta cierta, y entonces, sí, volcarse a esos abismos del sentimiento inobjetable, a lo cotidiano que es el miedo, cuando se está en presencia de lo que es claro y a la vez incomprensible. Así, también, es el acto mismo de la angustia, que en la novela se muestra tras el devenir constante, entre el desborde real e imaginario que sobrepasa al personaje protagonista, Juan Pablo Castel, un hombre apasionado que mira por la ventana de su cuadro esa figura inalcanzable que es María Iribarne.

María es el instinto; una constante del amor, cuya fisonomía interna despierta en el pintor un mundo irreparable. Lo que Castel hace es objetivar la relación que hay entre el miedo y la razón o angustia de vivir en la duda permanente. Es como el paisaje de la infelicidad, paseando por el tiempo donde el hombre cae en fluctuante desconcierto. Tal vez una filosofía que lentamente va instalándose en los complejos sentimientos de un mundo próximo a acabar.

Y a propósito de ese fin de mundo que señalo, y más todavía tratándose de una obra en la que abunda el pesimismo en cada zona de los personajes, no hay que perder de vista el sentimiento caótico del autor, el enjuiciado que él mismo hace con respecto a su visión del hombre instalado en un camino ya de desamparo, que le fue creando el tiempo a costa de tantas insatisfacciones. Todo esto que pudiera aparecer como causa instintiva sobre la personalidad del escritor, se confirma más allá de las situaciones del espacio novelesco y de la temporalidad que actúa de forma continuada y fílmica en los personajes. Puesto que entre la realidad y la ficción queda una diferencia de la que a veces ni nos damos cuenta, entre la psicología de Castel y Sábato todo parece confundirse, hasta arribar al vaticinio doloroso de que la humanidad posiblemente cumpla con el versículo de San Juan, hablándonos del apocalipsis.

*El túnel* gira en torno a las manías del perseguidor de lo inalcanzable. Lo inalcanzable es el regreso al país de la infancia —simbolizado en esa ventanita del cuadro—, y donde el amor y la comunicación alcanzan en la memoria del hombre las cualidades de lo mítico. María Iribarne aparece como el pretexto de una realidad que acosa con visos enfermantes.

El túnel es lo oscuro del alma, lo que el hombre pretende conocer como a *la verdad*.

Castel analiza la razón de su miedo ante la angustia permanente. Su vida es un paisaje de infelicidad que ejemplifica al hombre de este tiempo en estado agónico entre la razón y los sentimientos. Castel alude a esa problemática que surge del hombre en actitud de duda: lo constante que se rompe hasta que otra experiencia añada otro probable criterio de verdad que nunca habrá de ser definitivo. Castel revisa introspectivamente el momento del encuentro con María, único ser capaz de comprender el mundo de su pintura. Finalmente, Castel se sugiere la destrucción, para que surja un nuevo sentimiento posesivo. El temor al acto solitario entre las multitudes crea en él una pendiente existencial que obliga al mismo tiempo al juicio más severo a ese espíritu que se observa inmerso entre la metafísica del cielo y el infierno.

Sábato o Castel dudan de su correspondencia con el medio, la experiencia es deformante y configura una doble atracción por el vacío, el tiempo y el camino que sugiere la conciencia como un hecho radical e histórico en el hombre.

En *El túnel* Sábato nos manifesta, a través de la conciencia de Castel, que no hay esperanzas, que es imposible alcanzar el amor absoluto a nivel humano. Castel, primero, cree ávidamente que la tentativa puede ensayarse. Entonces, a partir de un hecho absolutamente intuitivo —la percepción profunda de que esa mujer que se detuvo a mirar en su pintura la «ventanita» era esa otra conciencia necesaria con la que podría comunicarse—, Castel irá estructurando racionalmente, y a contrapelo a veces hasta de lo que siente e intuye, un esquema erróneo de la realidad. Lo erróneo es el modo en que Castel relaciona los elementos de la realidad y los de su propia conciencia. La logicidad matemática no puede analizar válidamente el devenir de los hechos de la realidad humana, incoherente, multiforme, plurivalente de significados.

Durante toda la obra Castel lucha entre esas dos fuerzas antípodas: la razón y la intuición. Su terquedad racionalista culmina en una secuencia absurda de hipótesis que le conducen a la necesidad de matar a María, para así refrendar su posición. Este acto concluye con toda posibilidad de comunicación.

# Estructura

Sábato ha dicho que él nunca es demasiado consciente de lo que escribe. Los personajes, el mundo de ficción y su suerte recorren caminos determinados por fuerzas no manejables por la voluntad del autor; fuerzas que responden, más bien, a la personalidad de los personajes y a la estructura del mundo recreado.

Cuando se propuso la escritura de *El túnel,* pensó, en primera instancia, en contar cómo un pintor se enloqueció debido a la imposibilidad de comunicarse, incluso con la mujer, la única, que había llegado, según su intuición, a comprenderle a través de su pintura. Esta primera imposición tomó distinto rumbo. Sábato declara que luego tomó primacía el problema de los celos, a nivel físico y psíquico, y no como una problemática de orden metafísico. Sábato encuentra una explicación a este viraje de su proposición inicial:

> «... Los seres humanos no pueden representar nunca las angustias metafísicas al estado de puras ideas, sino que lo hacen encarnándolas... Las ideas metafísicas se convierten así en problemas psicológicos, la soledad metafísica se transforma en el aislamiento de un hombre concreto en una ciudad bien determinada, la desesperación metafísica se transforma en celos, y la novela o relato que estaba destinado a ilustrar aquel problema termina siendo el relato de una pasión y de un crimen» [31].

Pero no sólo esta característica aquí señalada influye en el desarrollo de un texto y en la estructuración de la anécdota, también los personajes resuelven según su propia naturaleza cómo se sucederán las situaciones.

El relato aparece montado sobre los recursos más acostumbrados de los mejores escritores de episodio policial.

---

[31] E. Sábato, *Páginas vivas,* Buenos Aires, Ed. Kapelusz, 1974, página 173.

No obstante, en la medida en que la psicología de los personajes comienza a adquirir el ritmo necesario que les sugiere la misma trama, el individualismo se acentúa y sobrepasa incluso el tiempo subterráneo de nuestro novelista. De este modo, Juan Pablo Castel irá caracterizándose como un fenómeno cierto de la frustración, como el espía introspectivo que asoma la cabeza para mirar desde la ventana de uno de sus cuadros el acoso de un espíritu que él necesita desterrar para sentirse libre. Su obsesión por entrever el rumbo imaginario de la duda se vuelve tormentosa, toda vez que los espejos no pueden ofrecerle la identidad del rostro que Castel prefiere. Y en definitiva su crimen no es sino una versión más del drama al que cada día venimos asistiendo, aunque aquí el cuerpo de la víctima sea el de otro.

La estructura narrativa de *El túnel* está conformada sobre una situación única y desde la conciencia de una sola persona, Castel. Éste es el narrador y el personaje de su propia historia.

Los nexos evidentes y subterráneos de esa única situación con las circunstancias determinantes se van desplegando tensamente. Castel narra su historia con morosidad, selecciona los detalles de la realidad que lo obsesionan; se detiene en reflexiones que apuran la curiosidad del lector en torno al relato de las causas del crimen que anticipó como contenido del libro en el capítulo II.

A partir del encuentro con María, el narrador recuerda los pormenores de esa relación, sus celos y complejos de culpa, sus manías indagatorias, la esquividad de María y su misterioso mundo que sólo comparte como un espectador. Así aparecen personajes ambiguos y oscuros como Allende o Hunter, quienes intervienen concentrando o relajando el estado de angustia que se va creando progresivamente en Castel.

El clímax trágico que se esperaba desde el comienzo del libro aparece dentro de un marco de tormentas y naturaleza convulsionada por un vendaval. Esta sensibilización romántica del paisaje agiganta la tragicidad del sacrificio de Castel.

Novela, o mejor «nouvelle» de desarrollo lineal, con

abundancia de elementos narrativos, concilia la novela psicológica con la de circunstancia.

Si bien el protagonista no es símbolo que alude a otra realidad, María, en cambio, podría representar una creación o un delirio de Castel para destruir en él a esos demonios que lo acosan y así poder alcanzar, a través de una lenta y morbosa agonía, los horizontes de un mundo distinto.

*El túnel* es una novela de desesperanza, recapitula dentro de una estructura clásica el atormentado mundo de Castel y su búsqueda imposible del amor absoluto.

El relato en primera persona lo lleva Castel desde la cárcel en que se encuentra después de haber matado a la única persona que había entendido el mensaje de desolación implícito en su pintura. Desde ese presente organiza sus recuerdos a partir del momento en que conoció a María Iribarne, con la intención de explicar las causas que lo llevaron a tomar la determinación del crimen, como única solución ante el fracaso de su búsqueda. En ese recordado pasado hay un entrecruzamiento de recuerdos que surgen por libre asociación de ideas.

Novela eminentemente subjetiva, sólo conocemos de las personas y los hechos aquello que entra dentro de la experiencia del narrador. Y el narrador es un ser ambiguo, conflictuado por la conciencia de sus desequilibrios; por tanto, la reconstrucción de la realidad tiene estas mismas características.

Castel acusa en sus actos y elaboraciones de la realidad una marcada paranoia, y una obsesiva tendencia a enfrentar las situaciones con una serie de premisas bien estructuradas para corregir la dislocación del mundo exterior. Para contrarrestar esta inclinación, Castel se autorrecrimina constantemente y se entrega al poder de sus sentidos.

Esta ambivalencia de Castel, esta división entre lo que intuye y lo que intenta racionalizar sobre la realidad, provocan en su espíritu esos atormentados desgarramientos que lo aíslan cada vez más del mundo. Su soledad es producto de su inestable relación con el mundo.

Lo que desde un comienzo él edifica como, tal vez, el

único nexo posible para la comunicación total que ansía —la ventanita de su cuadro «Maternidad», especie de «leit-motiv» que recorre toda la obra— se volverá paradójicamente en el elemento que lo llevará a la comprobación de que la comunicación es imposible.

La morosidad de la narración se mantiene hasta el momento en que Castel decide corroborar la veracidad de sus conjeturas acerca de la infidelidad de María y acude a la estancia de Hunter. A partir de ese instante se agiliza el ritmo hasta que se produce el crimen. El último capítulo, el más breve de todos, deja la historia abierta y un interrogante vacío.

## La desesperanza

Sábato, pensador preocupado por escarbar existencialmente su contemporaneidad humana, enfatiza en *El túnel* la desesperanza, la incomunicación y la soledad del hombre instalado en las ciudades.

Sin embargo, después de esta primera metáfora de la desesperanza, Sábato abandona esa interpretación negativa de las posibilidades del hombre y elabora en *Sobre héroes y tumbas* lo que él llamó una «metafísica de la esperanza».

La afirmación de la ausencia total de salvación del hombre en un mundo dominado por el caos y los objetos, es seguida de una intensa reinterpretación de los probables destinos, lo que supone, a su vez, el surgimiento de una reflexión que, en lo fundamental, no se fía de las apariencias más delineadas de la realidad e intenta descubrir detrás de ellas las ocultas relaciones significativas y simbólicas que puedan conducirnos o, por lo menos, acercarnos al sentido total, verdadero y profundo del mundo.

Esta entrada de lleno en la existencia de lo que el escritor más conoce y sufre significa desnudar al hombre en todas sus dimensiones dentro de su realidad nacional o geográfica. Con una autenticidad y una calidad estética poderosas, Sábato logra penetrar en la esencia del ser y trascender sus fronteras originales.

La reflexión de uno de los personajes de la última novela de Sábato, *Abaddón. el exterminador,* nos coloca, sin embargo, nuevamente frente a la esperanza y a la derrota:

«... Alguien para quien el universo es horrible, o trágicamente transitorio e imperfecto. Porque no hay una felicidad absoluta, pensaba. Apenas se nos da en fugaces y frágiles momentos, y el arte es una manera de eternizar (o querer eternizar) esos instantes de amor o de éxtasis; y porque todas nuestras esperanzas se convierten tarde o temprano en torpes realidades; porque todos somos frustrados de alguna manera, por ser la frustración el inevitable destino de todo ser que ha nacido para morir; y porque todos estamos solos o terminamos solos algún día...»

¿Qué aspectos de la realidad abarca este sentimiento de derrota que se renueva día a día y que aparece como algo inherente a la condición humana? La desesperanza, algunas veces absoluta como en *El túnel,* y otras enfrentándose con una concepción menos pesimista de la vida —aunque tal vez más elaborada—, aparece en el pensamiento sabatiano abarcando desde el mundo que nos toca vivir, y que heredamos sin posibilidad de elección, hasta la creación misma, el arte, que tampoco garantiza la necesidad oscura o consciente que el hombre tiene de trascender.

Sábato ha reiterado en sus numerosos ensayos y en sus novelas la idea de que nuestra civilización occidental está lanzando sus últimos estertores. El hombre, acorralado por los mitos erigidos por una concepción materialista del mundo, padeciendo como nunca la situación ambigua de su extrañamiento dentro del orden que ha levantado, ve con horror su propia destrucción. Sábato va a transformar, sin embargo, su angustia en núcleo engendrador de una nueva era; la razón, los sentimientos y la intuición deberán descubrir la verdadera realidad del ser humano, que es, para el novelista, un ser híbrido, en el cual potencias antagónicas establecen un constante juego dialéctico.

Sábato descubre relaciones inéditas entre las potencias oscuras y maléficas del hombre y su salvación. El mal, su reconocimiento e integración dentro de la totalidad del mundo, desprovisto de su aureola de pecado; los contenidos del inconsciente, los sueños —elementos que ya los surrealistas habían salvado del olvido— llevarían al hombre a «rescatar la unidad primigenia». Es decir, el arte es el medio capaz de reunir en una totalidad los factores operantes de esa complejidad que es el ser humano, para salvarlo del proceso de desintegración que viene sufriendo.

Así como la novela no puede prescindir de lo filosófico y de lo social en el hombre, así tampoco puede ocultar la significación profunda que poseen los instintos, tanto aquellos que le procuran un bien, como los que lo conducen al aniquilamiento y al dolor. Este acto de sinceridad y lealtad hacia el hombre evidencia la preocupación de Sábato por encontrar un sentido que sustente la angustiosa lucha por la existencia y que le devuelva al hombre la fe en la posibilidad de una vida mejor.

En la obra de otro escritor argentino, Roberto Arlt, encontramos también un planteamiento existencial de los personajes, con una acentuación del pensamiento introspectivo y una preferencia por seres marginados, inmorales y alucinados. Lejos de un tratamiento de tipo ético, pero a través de problemas éticos, Arlt muestra la desesperanza y la angustia metafísica del ser humano. Su nihilismo es total.

A diferencia del pensamiento de Arlt, Sábato no mantiene una posición tan radicalmente negativa en cuanto a que el hombre cuente o no con posibilidades para salvar su destruida integridad y conseguir una merecida recuperación de su dignidad. En la obra de Arlt, en cambio, hay como una exaltación del demonismo humano, tal vez motivada por una experiencia individual de humillación y marginación, y dirigida a destruir el orden social y sus valores, ya trastocados por una sociedad injusta. A esos valores Arlt opondrá precisamente sus contrarios, único camino por el que sus personajes, como Silvio Astier de *El juguete rabioso,* podrán sentirse reconocidos como seres humanos. Arlt quiere arrasar con una moral enraizada en la sociedad en la que vivió agónicamente; con una invención poderosa elige para expresarse a sí mismo no el camino de la reflexión y el análisis mesurado de la realidad, sino uno más directo y contundente, a través del cual se entrega desnudo, acosado por los demonios, tragángose el sufrimiento hasta el cinismo, la estafa, la mentira y la violencia. Arlt plantea, con un exacerbado individualismo, la responsabilidad moral del hombre a través de la existencia. Intuitivo y violento, propone el satanismo como única forma de ser reconocido y comprendido entre los hombres.

En la obra de Sábato no percibimos alegría ante esa toma de conciencia de la miseria humana que lo rodea, sino una profunda tristeza y compasión. En *El túnel,* obra de pesimismo y desesperanza, Juan Pablo Castel encarna la puerta que el hombre se cierra a sí mismo ante la contemplación del espectáculo humano, quedando atrapado dentro de su angustia y soledad absolutas. Castel equivoca el camino de su salvación porque intenta la resolución de un problema metafísico, eso es la búsqueda del amor absoluto o de lo absoluto, a través de la razón y la lógica del mundo de los objetos. Se pierde en una cadena de suposiciones y conjeturas sobre la realidad y elabora apriorísticamente respuestas justificatorias de los hechos concretos e inmediatos, desechando la intuición de la Verdad que simboliza el encuentro de María.

Después del encuentro de María en el edificio de la Compañía T., y de su primera huida, Castel la encuentra cuando sale por la boca del subterráneo, convencido de que su capacidad lógica operó sobre los hechos; entonces, se debate entre el instinto y la razón reflexionando sobre ese «laberinto oscuro» que invade su mente. Intuye que María es la Verdad, pero luego su obsesión por formular la realidad en términos casi matemáticos provocará los sucesivos desencuentros, su progresivo sentimiento de soledad y la absurda decisión final del crimen. Crimen, tal vez, absurdo para su salvación, pero coherente con su enfoque distorsionado de los hechos.

La desesperanza de Castel arrasa con toda la humanidad y con la vida. A partir del fracaso de una experiencia clave en su existencia, se entrega a la agresión del ser amado y de sí mismo, con una insistencia que llega a lo patológico; junto a esta actitud morbosa, su ya inconstante fortaleza se derrumba hasta el nihilismo. María es la única que alcanza a comprender el misterioso mensaje que encierran los símbolos de Castel, el sentido de desesperanza que hay en esa escena de la «ventanita» que Castel pintara para que funcione como un puente entre su soledad y la presentida verdad. Sin embargo, la desesperanza arraigará en el protagonista a lo largo de su obsesiva carrera por atrapar y poseer totalmente a María.

Castel tiene una actitud egolátrica, una conciencia de superioridad y, en cierto sentido, semejante complacencia satánica a la aludida en los personajes de Arlt, cuando se enfrenta por primera vez con el fracaso, la humillación y la soledad. Dice: «Mi soledad no me asusta, es casi olímpica.» A tal punto se ha ensanchado y ha calado hondo en él la desesperanza, que le satisface comprobar su condición despreciable y casi canallesca.

Nada puede salvar a Castel; al final sólo le queda la trágica certeza de su mente paranoica de que la comunicación absoluta y total no es posible, de que no hay túneles paralelos que se encuentran, sino de que «en todo caso había un solo túnel oscuro y solitario: el mío, el túnel en el que había transcurrido mi infancia, mi juventud, toda mi vida». De nada le sirvió pintar esa ventana para convocar el amor-verdad. Terminará aceptando que esta vida es y sigue siendo un infierno rodeado de unos muros cada vez más insalvables y opresivos.

Para Sábato, Castel expresa su lado adolescente y absolutista. Es la encarnación de su desesperación metafísica, de su vano intento por conocer y comprender la realidad.

Esta concepción desesperanzada de la vida va a ser levemente corregida en *Sobre héroes y tumbas,* para transformarse en lo que Sábato ha llamado «una absurda metafísica de la esperanza». Es por esta esperanza en hallar un sentido a la vida por la que Sábato incita en los lectores la duda acerca de la realidad total, la indagación de la esencia del ser humano y su destino. Esa esperanza surge de la convicción de que el hombre podrá realizar, como un imperativo de orden metafísico, la síntesis necesaria que coloque en su justo lugar y peso tanto a la razón como al sentimiento. Trabajando también en esta síntesis, la literatura comprenderá los problemas de la existencia humana y podrá responder a la angustia y al caos con una real metafísica de la esperanza.

# Extracto de juicios sobre *El túnel*

GRAHAM GREENE
Tengo gran admiración por *El túnel,* por su magnífico análisis psicológico. No puedo decir que lo haya leído con placer, pero sí con absoluta absorción.

ALBERT CAMUS
Admiré su sequedad, su intensidad y aconsejé a Gillimard su traducción al francés. Espero que encuentre en Francia el éxito que merece.

TORRES RIOSECO, *Nueva Historia de la Gran Literatura Iberoamericana.*
*El túnel* lo consagra como maestro del género novelístico.

*Soderhjelm,* Estocolmo.
Obra maestra del análisis psicológico.

JOSÉ LUIS ACQUARONI, *Cuadernos Hispanoamericanos,* Madrid.
Juan Pablo Castel está ya para siempre en el grupo de los grandes tipos que los novelistas excepcionales hicieron alentar.

E. PARONE, *Hartford Courant.*
La novela corta es quizá el género más difícil. Henry James y Willa Cather lo manejaron con su acostumbrada maestría. Scott Fitzgerald lo realizó bien alguna vez. Pero en la mayor parte de los escritores tiende a la mera destreza. Este cargo no puede hacerse a Sábato.

*Crítica,* Buenos Aires.

Castel tiene la pasta de los personajes de Kafka, Sartre y Faulkner.

CANAL FEIJOO, *Escritura,* Montevideo.

Considero insuperable y quizá sin parangón en nuestras letras, el rigor unitario e inflexible, la inquebrantable coherencia interior y formal de esta *nouvelle.* Creo que habría que remontarse a los mejores modelos del siglo pasado en busca de parangón (pienso específicamente en el *Adolphe*).

RICARDO A. LATCHAM, *La Nación,* Chile.

No he leído ningún análisis argentino que alcance un punto tan dramático. La audacia del tema, la sutileza en que se desenvuelve a través de un *pathos* que no da tregua al lector.

ALFRED HAYES, *New York Herald.*

Vive dentro de una prisión de alucinada lógica.

*Lexington Herald.*

Una sucesión de treinta y cuatro palabras es todo el fulminante que necesita para hacer estallar uno de los libros más explosivos de la temporada literaria. *El túnel* es una hechizante novela comparable a relatos de Poe y Dostoievsky.

CARTER BROOK JONES, *Washington Star.*

Horror psicológico que Poe, Maupassant o Bierce habrían comprendido y admirado.

SCOTT O'DELL, *Los Angeles Daily News.*

Escribe secamente y con terrible efecto. Fascinante novela psicológica de grado A.

JAMES DEAKIN, *St. Louis Dispatch.*

Novela ferozmente introspectiva, tragedia densa y profunda, estilo vibrante y parco.

PAUL ENGLE, *Chicago Tribune.*

Tenso, brillante. Un verdadero neurótico nacido para matar.

R. Uhlig, *San Francisco Chronicle.*

Libro adensado por un simbolismo que apunta a más universales y profundas zonas. Muchas interpretaciones pueden hacerse de esta novela: precisamente lo que hace de su lectura una remuneradora experiencia.

*New York Telegram.*

Extraño y brillante escritor, en 177 páginas hace sufrir al lector algo así como una pesadilla, con siniestramente «lógicos» procesos mentales de un maníaco homicida.

*Sur,* Buenos Aires.

Lo que empaña la obra de Hesse consiste en ese predominio de lo especulativo sobre la realidad, del símbolo o de la idea sobre el hombre de carne y hueso. Nada de eso se advierte en *El túnel.* El relato es ceñido, tenso, de ritmo admirable, cuyo *crescendo* alcanza un punto difícil de superar.

Fernando Alegría, *Breve historia de la novela hispanoamericana.*

Una novela de apasionante misterio.

A. Zum Felde, *Índice Crítico de la Literatura Hispanoamericana.*

El proceso mental de un personaje con exactitud magistral... Es casi una hazaña novelística que haya logrado un relato tan intenso con un tema literariamente tan trillado como el de los celos... tema casi agotado después de los magistrales ejemplos citados (Proust, Tolstoi).

# Bibliografía

OBRAS DEL AUTOR

*Novelas*
*El túnel*, 1.ª ed., Buenos Aires, Sur, 1948.
*Sobre héroes y tumbas*, 1.ª ed., Buenos Aires, Compañía General Fabril Editora, 1961.
*Abaddón, el Exterminador*, Buenos Aires, Editorial Sudamericana, 1974.

*Ensayos*
*Uno y el universo*, 1.ª ed., Buenos Aires, Sudamericana, 1945.
*Hombres y engranajes: reflexiones sobre el dinero, la razón y el derrumbe de nuestro tiempo*, 1.ª ed., Buenos Aires, Emecé, 1951.
*Heterodoxia*, 1.ª ed., Buenos Aires, Emecé, 1953.
*El caso Sábato. Torturas y libertad de prensa. Carta abierta al general Aramburu*, Buenos Aires, edición del autor, 1956, Losada, 1963.
*El otro rostro del peronismo. Carta abierta a Mario Amadeo*, Buenos Aires, Imprenta López, 1956.
*Tango, discusión y clave;* incluye una antología de opiniones sobre el tango. Buenos Aires, Losada, 1963.
*El escritor y sus fantasmas*, 1.ª ed., Buenos Aires, Aguilar, 1963

*Tres aproximaciones a la literatura de nuestro tiempo:
Robbe-Grillet, Borges, Sartre,* Santiago de Chile, Editorial Universitaria, 1968.
*Itinerario,* Buenos Aires, Sur, 1969.
*La convulsión política y social de nuestro tiempo,* Buenos Aires, Edicom, 1969.

## ENSAYOS SOBRE EL AUTOR Y SU OBRA

ÁNGELA B. DELLEPIANE, *Ernesto Sábato: El hombre y su obra,* Nueva York, Las Américas Publishing Co., 1968.
— *La narrativa de E. Sábato,* Ed. Nova, Buenos Aires.
— *Sábato: un análisis de su narrativa,* Buenos Aires, Editorial Nova, 1970.
EMILSE CERSÓSIMO, *Sobre héroes y tumbas: de los caracteres de la metafísica,* Buenos Aires, Sudamericana, 1972.
H. D. OLBERHELMAN, *Ernesto Sábato,* Nueva York, Twayne Publishers Inc., 1970.
LUIS WAINERMAN, *Sábato y el misterio de los ciegos,* Buenos Aires, Castañeda, 1971.
CARMEN QUIROGA DE CEBOLLERO, *Entrando en El túnel de Ernesto Sábato,* Puerto Rico, 1971.
MARÍA ANGÉLICA CORREA, *Genio y figura de Ernesto Sábato,* Buenos Aires, Eudeba, 1971.
VARIOS, *Claves políticas de Ernesto Sábato,* Buenos Aires, Rodolfo Alonso Editor, 1971.
HELMY GIACOMAN Y OTROS, *Los personajes de Sábato,* Buenos Aires, Emecé, 1972.
JOAQUÍN NEYRA, *Ernesto Sábato,* Buenos Aires, Ministerio de Cultura y Educación, 1973.
CARLOS CATANIA, *Sábato, entre la idea y la sangre,* Universidad de Costa Rica, 1973.
HELMY GIACOMAN Y OTROS, *Homenaje a Ernesto Sábato,* Nueva York, Anaya-Las Américas, 1973.
MARÍA I. MURTAGH, *Páginas vivas de E. Sábato,* Buenos Aires, Kapelusz, 1974.

Z. Nelly Martínez, *Ernesto Sábato*, Buenos Aires, Librería del Colegio, 1974.

Ana María de Rodríguez, *La creación corregida. Estudio comparativo de la obra de Ernesto Sábato y Alain Robbe-Grillet*, Caracas, Edición de la Universidad Católica Andrés Bello, 1976.

Z. Nelly Martínez, *Novelistas hispanoamericanos de hoy*, Madrid, Taurus, 1976.

L. Pollmann, *La nueva novela en Francia y en Iberoamérica*, Madrid, Gredos, 1971.

G. R. Pérez, *Historia y Crítica de la novela hispanoamericana*, Bogotá, Círculo de lectores, 1978.

L. B. de Lombardi, *Aproximaciones críticas a la narrativa de Ernesto Sábato*, Maracaibo, Universidad de Zulia, 1978.


Artículos sobre el autor y su obra

Raúl Jorge Artigas, «Sobre héroes y tumbas», *Estudios*, 548, Buenos Aires, 1963, págs. 600-607.

R. Barufaldi, «Sobre héroes y tumbas», *Señales*, 136, Buenos Aires, 1962, págs. 31-35.

Jorge Campos, «Sobre Ernesto Sábato», *Ínsula*, 203, Madrid, 1963, pág. 11.

B. Canal Feijó, «En torno a una nouvelle de Ernesto Sábato», *Escritura*, III, 7, Montevideo, 1949, páginas 98-101.

— «Ernesto Sábato. Sobre héroes y tumbas», *Sur*, 276, Buenos Aires, 1962, págs. 7-14.

Carmelina de Castellanos, «Aproximación a la obra de Ernesto Sábato», *Cuadernos Hispanoamericanos*, 61, Madrid, 1964, págs. 486-503.

— «Ernesto Sábato en su primera novela», *Universidad*, 69, Santa Fe, Argentina, 1969, págs. 97-115.

— «Dos personajes de una novela argentina», *Cuadernos Hispanoamericanos*, 232, Madrid, 1969, págs. 149-160.

— «Tres nombres en la novela argentina», Santa Fe, Argentina, Colmegna, 1967.

Marcelo Caddou, «La estructura y la problemática existencial de *El túnel* de Ernesto Sábato», *Atenea,* CLXII, 412, Concepción, Chile, 1966, págs. 141-168.

— «La teoría del ser nacional argentino en *Sobre héroes y tumbas*», *Atenea,* CLVI, 419, Concepción, Chile, 1968, págs. 57-71.

Ángela B. Dellepiane, «Sábato y el ensayo hispanoamericano», *Asonante,* XXII, Puerto Rico, 1965, páginas 47-59.

— «Del barroco a las modernas técnicas en Ernesto Sábato», *Revista Interamericana de Bibliografía,* XV, Pan American Union, Washington, D.C., 1965, páginas 226-250.

— «*El túnel,* por Ernesto Sábato», *Hispania,* XLVIII, 4, Amherst, Mass., 1965, pág. 960.

Manuel Durán, «Ernesto Sábato y la literatura argentina de hoy», *La Torre,* XV, Puerto Rico, 1967, páginas 159-166.

Luis B. Eyzaguirre, «*Rayuela, Sobre héroes y tumbas* y *El astillero:* Búsqueda de la identidad individual en la novela hispanoamericana contemporánea», *Nueva Narrativa Hispanoamericana,* II, 2, Garden City, Nueva York, págs. 101-118.

David W. Foster, «The Integral Role of *El informe sobre ciegos,* in Sábato's *Sobre héroes y tumbas*», *Romance Notes,* XIV, 1, Chapel Hill, North Carolina, 1972, págs. 44-48.

Jacques Franc;, «Ernesto Sábato: Alejandra», *Revue Générale de Belge,* VIII, 196, 1966, págs. 113-120.

Jorge García Gómez, «La estructura imaginativa de Juan Pablo Castel», *Revista Hispánica Moderna,* 3 y 4, Nueva York, 1967, págs. 232-240.

E. García Márquez, «Un anarquista de la existencia: Ernesto Sábato», *Revista de Occidente,* 93, Madrid, 1969, págs. 358-366.

Helmy F. Giacoman, «La correlación 'sujeto-objeto' en la ontología de Jean-Paul Sartre y su dramatización novelística en la novela *El túnel* de Ernesto Sábato»,

*Atcnea*, CLXX, 421-422, Concepción, Chile, 1968, páginas 373-384.

BEVERLY J. GIBBS, «Spacial Treatment in the Contemporary Psychological Novel of Argentina», *Hispania*, 45, Amherst, Mass., 1961, págs. 410-414.

— «*El túnel*: Portrayal of Isolation», *Hispania*, 48, Amherst, Mass., 1964, págs. 429-436.

TAMARA HOLZAPFEL, «Dostoievsky's Notes from the Undergound and Sábato's *El túnel*», *Hispania*, LI, Amberst, 1968, págs. 440-446.

R. KÖHLER, «Aproximación a *El túnel* de Ernesto Sábato», *Iberomania*, II, Munich, 1969, págs. 216-230.

M. I. LICHTBLAU, «Interés estético en *La familia de Pascual Duarte* y *El Túnel*», *Humanitas*, VII, Nuevo León, México, 1966, págs. 247-255.

LEÓN F. LIDAY, «Maternidad in Sábato's, *El túnel*», *Romances Notes*, X, 1, Chapel Hill, North Carolina, 1968, páginas 20-31.

SOLOMON LIPP, «Ernesto Sábato: Síntomas de una época», *Journal of Inter-American Studies*, 18, Coral Gables, Florida, 1966, págs. 142-155.

THOMAS C. MEEHAN, «Ernesto Sábato's Sexual Metaphysics: Theme and Form in *El túnel*», *Modern Language Notes*, LXXXIII, 2, Baltimore, 1968, páginas 226-252.

FRED PETERSEN, «Notas en torno a una publicación reciente de Ernesto Sábato», *La Torre*, 51, Puerto Rico. 1965, págs. 197-203.

— «Sábato's *El túnel*: More Freud than Sartre», *Hispania*, L, 2, Amherst, Mass., 1967, págs. 271-276.

— «La figura de María Iribarne de *El túnel* de Ernesto Sábato», *Duquesne Hispanic Review*, 1, Pittsburgh, Pennsylvania, 1968, págs. 1-8.

EMIR RODRÍGUEZ MONEGAL, *Ernesto Sábato, El arte de narrar*, Caracas, Venezuela, Monte Ávila Editores, 1968, págs. 219-253.

A. SÁNCHEZ RIVA, «Ernesto Sábato: *El túnel*», *Sur*, 169, Buenos Aires, 1948, págs. 82-87.

R. D. SOUZA, «Chaves and *El túnel*: Contrasts in Anguish», *Contemporary Latin America,* Houston, Texas, 1970, págs. 93-96.

César Tiempo, «41 preguntas a Ernesto Sábato», *Índice,* XXI, 206, Madrid, 1965, págs. 15-17.

Luis Wainerman, «Sábato: La construcción de la novela total», *Sur,* 325, Buenos Aires, 1970, págs. 67-77.

No incluimos en esta bibliografía los numerosos artículos que Sábato ha publicado en revistas, ni todos los estudios sobre su obra aparecidos asimismo en revistas. Tampoco especificamos las traducciones de su obra. Sólo señalamos que *El túnel* ha sido traducido al inglés, alemán, francés, sueco, danés, portugués y japonés.

# El túnel

> «... en todo caso, había un solo túnel, oscuro y solitario: el mío.»

# I

Bastará decir que soy Juan Pablo Castel, el pintor que mató a María Iribarne; supongo que el proceso está en el recuerdo de todos y que no se necesitan mayores explicaciones sobre mi persona.

Aunque ni el diablo sabe qué es lo que ha de recordar la gente, ni por qué. En realidad, siempre he pensado que no hay memoria colectiva, lo que quizá sea una forma de defensa de la especie humana. La frase «todo tiempo pasado fue mejor» no indica que antes sucedieran menos cosas malas, sino que —felizmente— la gente las echa en el olvido. Desde luego, semejante frase no tiene validez universal; yo, por ejemplo, me caracterizo por recordar preferentemente los hechos malos y, así, casi podría decir que «todo tiempo pasado fue peor», si no fuera porque el presente me parece tan horrible como el pasado; recuerdo tantas calamidades, tantos rostros cínicos y crueles, tantas malas acciones, que la memoria es para mí como la temerosa luz que alumbra un sórdido museo de la vergüenza. ¡Cuántas veces he quedado aplastado durante horas, en un rincón oscuro del taller, después de leer una noticia en la sección policial! Pero la verdad es que no siempre lo más vergonzoso de la raza humana aparece allí; hasta cierto punto, los criminales son gente más limpia, más inofensiva; esta afirmación no la hago porque yo mismo haya matado a un ser humano: es una honesta y profunda convicción. ¿Un individuo es pernicioso? Pues se lo liquida y se acabó. Eso es lo que yo llamo una *buena acción*. Piensen cuánto peor es para la sociedad que ese individuo siga destilando su veneno y que en vez de eliminarlo se quiera contrarrestar su acción recurriendo a anónimos, maledicencia y otras bajezas semejantes. En lo que a mí se refiere, debo confesar que ahora lamento no haber aprovechado mejor el tiempo de mi libertad, liquidando a seis o siete tipos que conozco.

Que el mundo es horrible, es una verdad que no necesita demostración. Bastaría un hecho para probarlo, en todo caso: en un campo de concentración un ex pianista se quejó de hambre y entonces lo obligaron a comerse una rata, *pero viva*.

No es de eso, sin embargo, de lo que quiero hablar ahora; ya diré más adelante, si hay ocasión, algo más sobre este asunto de la rata.

## II

Como decía, me llamo Juan Pablo Castel. Podrán preguntarse qué me mueve a escribir la historia de mi crimen (no sé si ya dije que voy a relatar mi crimen) y, sobre todo, a buscar un editor. Conozco bastante bien el alma humana para prever que pensarán en la vanidad. Piensen lo que quieran: me importa un bledo; hace rato que me importan un bledo la opinión y la justicia de los hombres. Supongan, pues, que publico esta historia por vanidad. Al fin de cuentas estoy hecho de carne, huesos, pelo y uñas como cualquier otro hombre y me parecería muy injusto que exigiesen de mí, precisamente de mí, cualidades especiales; uno se cree a veces un superhombre, hasta que advierte que también es mezquino, sucio y pérfido. De la vanidad no digo nada: creo que nadie está desprovisto de este notable motor del Progreso Humano. Me hacen reír esos señores que salen con la modestia de Einstein o gente por el estilo; respuesta: *es fácil ser modesto cuando se es célebre;* quiero decir *parecer modesto.* Aun cuando se imagina que no existe en absoluto, se la descubre de pronto en su forma más sutil: la vanidad de la modestia. ¡Cuántas veces tropezamos con esa clase de individuos! Hasta un hombre, real o simbólico, como Cristo, pronunció palabras sugeridas por la vanidad o al menos por la soberbia. ¿Qué decir de León Bloy [1], que se defendía de la acusación de soberbia argumentando que se había pasado la vida sirviendo a individuos que no le llegaban a las rodillas? La vanidad se encuentra en los lugares más inesperados: al lado de la bondad, de la abnegación, de la generosidad. Cuando yo era chico y me desesperaba ante la idea de que mi madre debía morirse un día (con los años se llega a saber que la muerte no sólo es soportable, sino hasta reconfortante), no imaginaba que mi madre pudiese tener defectos. Ahora que no existe, debo decir que fue tan buena como puede llegar a serlo un ser humano. Pero recuerdo, en sus últimos años, cuando yo era un hombre, cómo al comienzo me dolía descubrir debajo de sus mejores acciones un sutilísimo ingrediente de vanidad o de orgullo. Algo mucho más demostrativo me sucedió a mí mismo cuando la operaron de cáncer. Para llegar a tiempo tuve que viajar dos días enteros sin dormir. Cuando llegué al lado de su cama, su rostro de cadáver logró sonreírme levemente, con ternura, y murmuró unas palabras para compadecerme (¡ella se compadecía de mi cansancio!). Y yo sentí dentro de mí, oscuramente, el vanidoso orgullo de haber acudido tan pronto. Confieso este secreto para que vean hasta qué punto no me creo mejor que los demás.

Sin embargo, no relato esta historia por vanidad. Quizá estaría dispuesto a aceptar que hay algo de orgullo o de soberbia. Pero ¿por qué esa manía de querer encontrar explicación a todos los actos de la vida? Cuando comencé este relato, estaba firmemente decidido a no dar explicaciones de ninguna especie. Tenía ganas de contar la historia de mi crimen, y se acabó: al que no le gustara, que no la leyese. Aunque no lo creo, porque

---

[1] *Bloy, León* (1846-1917) novelista y ensayista francés. Espíritu ferozmente independiente, «mendigo ingrato» que practicó una religión mística y fuera de la práctica de la Iglesia oficial.

precisamente esa gente que siempre anda detrás de las explicaciones es la más curiosa y pienso que ninguno de ellos se perderá la oportunidad de leer la historia de un crimen hasta el final.

Podría reservarme los motivos que me movieron a escribir estas páginas de confesión; pero como no tengo interés en pasar por excéntrico, diré la verdad, que de todos modos es bastante simple: pensé que podrían ser leídas por mucha gente, ya que ahora soy célebre; y aunque no me hago muchas ilusiones acerca de la humanidad en general y de los lectores de estas páginas en particular, me anima la débil esperanza de que alguna persona llegue a entenderme. AUNQUE SEA UNA SOLA PERSONA.

«¿Por qué —se podrá preguntar alguien— apenas una débil esperanza si el manuscrito ha de ser leído por tantas personas?» Este es el género de preguntas que considero inútiles. Y, no obstante, hay que preverlas, porque la gente hace constantemente preguntas inútiles, preguntas que el análisis más superficial revela innecesarias. Puedo hablar hasta el cansancio y a gritos delante de una asamblea de cien mil rusos: nadie me entendería. ¿Se dan cuenta de lo que quiero decir?

Existió una persona que podría entenderme. *Pero fue, precisamente, la persona que maté.*


## III


Todos saben que maté a María Iribarne Hunter. Pero nadie sabe cómo la conocí, qué relaciones hubo exactamente entre nosotros y cómo fui haciéndome a la idea de matarla. Trataré de relatar todo imparcialmente porque, aunque sufrí mucho por su culpa, no tengo la necia pretensión de ser perfecto.

En el Salón de Primavera de 1946 [2] presenté un cua-

---

[2] *Salón de Primavera de 1946:* es el Salón Nacional de Artistas Plásticos que se inauguraba todos los años el 21 de septiembre,

dro llamado *Maternidad*. Era por el estilo de muchos otros anteriores: como dicen los críticos en su insoportable dialecto, era sólido, estaba bien arquitecturado. Tenía, en fin, los atributos que esos charlatanes encontraban siempre en mis telas, incluyendo «cierta cosa profundamente intelectual». Pero arriba, a la izquierda, a través de una ventanita, se veía una escena pequeña y remota: una playa solitaria y una mujer que miraba el mar. Era una mujer que miraba como esperando algo, quizá algún llamado apagado y distante. La escena sugería, en mi opinión, una soledad ansiosa y absoluta.

Nadie se fijó en esta escena: pasaban la mirada por encima, como por algo secundario, probablemente decorativo. Con excepción de una sola persona, nadie pareció comprender que esa escena constituía algo esencial. Una muchacha desconocida estuvo mucho tiempo delante de mi cuadro sin dar importancia, en apariencia, a la gran mujer en primer plano, la mujer que miraba jugar al niño. En cambio, miró fijamente la escena de la ventana y mientras lo hacía tuve la seguridad de que estaba aislada del mundo entero: no vio ni oyó a la gente que pasaba o se detenía frente a mi tela.

La observé todo el tiempo con ansiedad. Después desapareció en la multitud, mientras yo vacilaba entre un miedo invencible y un angustioso deseo de llamarla. ¿Miedo de qué? Quizá, algo así como miedo de jugar todo el dinero de que se dispone en la vida a un solo número. Sin embargo, cuando desapareció, me sentí irritado, infeliz, pensando que podría no verla más, perdida entre los millones de habitantes anónimos de Buenos Aires.

Esa noche volví a casa nervioso, descontento, triste.

Hasta que se clausuró el salón, fui todos los días y me colocaba suficientemente cerca para reconocer a las personas que se detenían frente a mi cuadro. Pero no volvió a aparecer.

Durante los meses que siguieron, sólo pensé en ella,

---

de ahí su nombre. Fue durante muchos años el acontecimiento plástico más importante en Buenos Aires.

en la posibilidad de volver a verla. Y, en cierto modo, sólo pinté para ella. Fue como si la pequeña escena de la ventana empezara a crecer y a invadir toda la tela y toda mi obra.

IV

Una tarde, por fin, la vi por la calle. Caminaba por la otra vereda[3], en forma resuelta, como quien tiene que llegar a un lugar definido a una hora definida.

La reconocí inmediatamente; podría haberla reconocido en medio de una multitud. Sentí una indescriptible emoción. Pensé tanto en ella, durante esos meses, imaginé tantas cosas, que al verla no supe qué hacer.

La verdad es que muchas veces había pensado y planeado minuciosamente mi actitud en caso de encontrarla. Creo haber dicho que soy muy tímido; por eso había pensado y repensado un probable encuentro y la forma de aprovecharlo. La dificultad mayor con que siempre tropezaba en esos encuentros imaginarios era la forma de entrar en conversación. Conozco muchos hombres que no tienen dificultad en establecer conversación con una mujer desconocida. Confieso que en un tiempo les tuve mucha envidia, pues, aunque nunca fui mujeriego, o precisamente por no haberlo sido, en dos o tres oportunidades lamenté no poder comunicarme con una mujer, en esos pocos casos en que parece imposible resignarse a la idea de que será para siempre ajena a nuestra vida. Desgraciadamente, estuve condenado a permanecer ajeno a la vida de cualquier mujer.

En esos encuentros imaginarios había analizado diferentes posibilidades. Conozco mi naturaleza y sé que las situaciones imprevistas y repentinas me hacen perder todo sentido, a fuerza de atolondramiento y de timidez. Había preparado, pues, algunas variantes que eran lógicas o por lo menos posibles. (No es lógico que un ami-

---

[3] *vereda* en América Meridional, acera de una calle o plaza.

go íntimo le mande a uno un anónimo insultante, pero todos sabemos que es posible.)

La muchacha, por lo visto, solía ir a salones de pintura. En caso de encontrarla en uno, me pondría a su lado y no resultaría demasiado complicado entrar en conversación a propósito de algunos de los cuadros expuestos.

Despues de examinar esta posibilidad, la abandoné. *Yo nunca iba a salones de pintura.* Puede parecer muy extraña esta actitud en un pintor, pero en realidad tiene explicación y tengo la certeza de que si me decidiese a darla todo el mundo me daría la razón. Bueno, quizá exagero al decir «todo el mundo». No, *seguramente exagero.* La experiencia me ha demostrado que lo que a mí me parece claro y evidente casi nunca lo es para el resto de mis semejantes. Estoy tan quemado que ahora vacilo mil veces antes de ponerme a justificar o a explicar una actitud mía y, casi siempre, termino por encerrarme en mí mismo y no abrir la boca. Ésa ha sido justamente la causa de que no me haya decidido hasta hoy a hacer el relato de mi crimen. Tampoco sé, en este momento, si valdrá la pena que explique en detalle este rasgo mío referente a los salones, pero temo que, si no lo explico, crean que es una mera manía, cuando en verdad obedece a razones muy profundas.

Realmente, en este caso hay más de una razón. Diré antes que nada, que detesto los grupos, las sectas, las cofradías, los gremios y, en general, esos conjuntos de bichos que se reúnen por razones de profesión, de gusto o de manía semejante. Esos conglomerados tienen una cantidad de atributos grotescos: la repetición del tipo, la jerga, la vanidad de creerse superiores al resto.

Observo que se está complicando el problema, pero no veo la manera de simplificarlo. Por otra parte, el que quiera dejar de leer esta narración en este punto no tiene más que hacerlo; de una vez por todas le hago saber que cuenta con mi permiso más absoluto.

¿Qué quiero decir con eso de «repetición del tipo»? Habrán observado qué desagradable es encontrarse con alguien que a cada instante guiña un ojo o tuerce la boca.

Pero, ¿imaginan a todos esos individuos reunidos en un club? No hay necesidad de llegar a esos extremos, sin embargo: basta observar las familias numerosas, donde se repiten ciertos rasgos, ciertos gestos, ciertas entonaciones de voz. Me ha sucedido estar enamorado de una mujer (anónimamente, claro) y huir espantado ante la posibilidad de conocer a las hermanas. Me había pasado ya algo horrendo en otra oportunidad: encontré rasgos muy interesantes en una mujer, pero al conocer a una hermana quedé deprimido y avergonzado por mucho tiempo: los mismos rasgos que en aquélla me habían parecido admirables aparecían acentuados y deformados en la hermana, un poco caricaturizados. Y esa especie de visión deformada de la primera mujer en su hermana me produjo, además de esa sensación, un sentimiento de vergüenza, como si en parte yo fuera culpable de la luz levemente ridícula que la hermana echaba sobre la mujer que tanto había admirado.

Quizá cosas así me pasen por ser pintor, porque he notado que la gente no da importancia a estas deformaciones de familia. Debo agregar que algo parecido me sucede con esos pintores que imitan a un gran maestro, como por ejemplo esos malhadados infelices que pintan a la manera de Picasso.

Después está el asunto de la jerga, otra de las características que menos soporto. Basta examinar cualquiera de los ejemplos: el psicoanálisis, el comunismo, el fascismo, el periodismo. No tengo preferencias; todos me son repugnantes. Tomo el ejemplo que se me ocurre en este momento: el psicoanálisis. El doctor Prato tiene mucho talento y lo creía un verdadero amigo, hasta tal punto que sufrí un terrible desengaño cuando todos empezaron a perseguirme y él se unió a esa gentuza; pero dejemos esto. Un día, apenas llegué al consultorio, Prato me dijo que debía salir y me invitó a ir con él:

—¿A dónde? —le pregunté.

—A un cóctel de la Sociedad —respondió.

—¿De qué Sociedad? —pregunté con oculta ironía, pues me revienta esa forma de emplear el artículo determinado que tienen todos ellos: *la* Sociedad, por la

Sociedad Psicoanalítica; *el* Partido, por el Partido Comunista; *la* Séptima, por la Séptima Sinfonía de Beethoven.

Me miró extrañado, pero yo sostuve su mirada con ingenuidad.

—La Sociedad Psicoanalítica, hombre —respondió mirándome con esos ojos penetrantes que los freudianos creen obligatorios en su profesión, y como si también se preguntara: «¿qué otra chifladura le está empezando a este tipo?».

Recordé haber leído algo sobre una reunión o congreso presidido por un doctor Bernard o Bertrand. Con la convicción de que no podía ser eso, le pregunté si era eso. Me miró con una sonrisa despectiva.

—Son unos charlatanes —comentó—. La única sociedad psicoanalítica reconocida internacionalmente es la nuestra.

Volvió a entrar en su escritorio, buscó en un cajón y finalmente me mostró una carta en inglés. La miré por cortesía.

—No sé inglés —expliqué.

—Es una carta de Chicago. Nos acredita como la única sociedad de psicoanálisis en la Argentina.

Puse cara de admiración y profundo respeto.

Luego salimos y fuimos en automóvil hasta el local. Había una cantidad de gente. A algunos los conocía de nombre, como al doctor Goldenberg, que últimamente había tenido mucho renombre: a raíz de haber intentado curar a una mujer los metieron a los dos en el manicomio. Acababa de salir. Lo miré atentamente, pero no me pareció peor que los demás, hasta me pareció más calmo, tal vez como resultado del encierro. Me elogió los cuadros de tal manera que comprendí que los detestaba.

Todo era tan elegante que sentí vergüenza por mi traje viejo y mis rodilleras. Y, sin embargo, la sensación de grotesco que experimentaba no era exactamente por eso, sino por algo que no terminaba de definir. Culminó cuando una chica muy fina, mientras me ofrecía unos sandwiches, comentaba con un señor no sé qué problema de masoquismo anal. Es probable, pues, que aquella

69

sensación resultase de la diferencia de potencial entre los muebles modernos, limpísimos, funcionales, y damas y caballeros tan aseados emitiendo palabras génito-urinarias.

Quise buscar refugio en algún rincón, pero resultó imposible. El departamento estaba atestado de gente idéntica que decía permanentemente la misma cosa. Escapé entonces a la calle. Al encontrarme con personas habituales (un vendedor de diarios, un chico, un chofer)[4], me pareció de pronto fantástico que en un departamento[5] hubiera aquel amontonamiento.

Sin embargo, de todos los conglomerados detesto particularmente el de los pintores. En parte, naturalmente, porque es el que más conozco y ya se sabe que uno puede detestar con mayor razón lo que se conoce a fondo. Pero tengo otra razón: LOS CRÍTICOS. Es una plaga que nunca pude entender. Si yo fuera un gran cirujano y un señor que jamás ha manejado un bisturí, ni es médico ni ha entablillado la pata de un gato, viniera a explicarme los errores de mi operación, ¿qué se pensaría? Lo mismo pasa con la pintura. Lo singular es que la gente no advierte que es lo mismo y aunque se ría de las pretensiones del crítico de cirugía, escucha con un increíble respeto a esos charlatanes. Se podría escuchar con cierto respeto los juicios de un crítico que alguna vez haya pintado, aunque más no fuera que telas mediocres. Pero aun en ese caso sería absurdo, pues ¿cómo puede encontrarse razonable que un pintor mediocre dé consejos a uno bueno?

V

Me he apartado de mi camino. Pero es por mi maldita costumbre de querer justificar cada uno de mis ac-

---

[4] *chofer* con acentuación aguda, según el uso hispanoamericano, acorde con la procedencia francesa de la palabra.

[5] *departamento:* apartamento.

tos. ¿A qué diablos explicar la razón de que no fuera a salones de pintura? Me parece que cada uno tiene derecho a asistir o no, si le da la gana, sin necesidad de presentar un extenso alegato justificatorio. ¿A dónde se llegaría, si no, con semejante manía? Pero, en fin, ya está hecho, aunque todavía tendría mucho que decir acerca de ese asunto de las exposiciones: las habladurías de los colegas, la ceguera del público, la imbecilidad de los encargados de preparar el salón y distribuir los cuadros. Felizmente (o desgraciadamente) ya todo eso no me interesa; de otro modo quizá escribiría un largo ensayo titulado *De la forma en que el pintor debe defenderse de los amigos de la pintura.*

Debía descartar, pues, la posibilidad de encontrarla en una exposición.

Podía suceder, en cambio, que ella tuviera un amigo que a su vez fuese amigo mío. En ese caso, bastaría con una simple presentación. Encandilado con la desagradable luz de la timidez, me eché gozosamente en brazos de esa posibilidad. ¡Una simple presentación! ¡Qué fácil se volvía todo, qué amable! El encandilamiento me impidió ver inmediatamente lo absurdo de semejante idea. No pensé en aquel momento que encontrar a un amigo suyo era tan difícil como encontrarla a ella misma, porque es evidente que sería imposible encontrar un amigo sin saber quién era ella. Pero, si sabía quién era ella, ¿para qué recurrir a un tercero? Quedaba, es cierto, la pequeña ventaja de la presentación, que yo no desdeñaba. Pero, evidentemente, el problema básico era hallarla a ella y *luego,* en todo caso, buscar un amigo común para que nos presentara.

Quedaba el camino inverso: ver si alguno de mis amigos era, por azar, amigo de ella. Y eso sí podía hacerse sin hallarla previamente, pues bastaría con interrogar a cada uno de mis conocidos acerca de una muchacha de tal estatura y de pelo así y así. Todo esto, sin embargo, me pareció una especie de frivolidad y lo deseché: me avergonzó el solo imaginar que hacía preguntas de esa naturaleza a gentes como Mapelli o Lartigue.

Creo conveniente dejar establecido que no descarté

esta variante por descabellada: sólo lo hice por las razones que acabo de exponer. Alguno podría creer, efectivamente, que es descabellado imaginar la remota posibilidad de que un conocido mío fuera a la vez conocido de ella. Quizá lo parezca a un espíritu superficial, pero no a quien está acostumbrado a reflexionar sobre los problemas humanos. Existen en la sociedad *estratos horizontales,* formados por las personas de gustos semejantes, y en estos estratos los encuentros casuales (?) no son raros, sobre todo cuando la causa de la estratificación es alguna característica de minorías. Me ha sucedido encontrar una persona en un barrio de Berlín, luego en un pequeño lugar casi desconocido de Italia y, finalmente, en una librería de Buenos Aires. ¿Es razonable atribuir al azar estos encuentros repetidos? Pero estoy diciendo una trivialidad: lo sabe cualquier persona aficionada a la música, al esperanto, al espiritismo.

Había que caer, pues, en la posibilidad más temida: al encuentro en la calle. ¿Cómo demonios hacen ciertos hombres para detener a una mujer, para entablar conversación y hasta para iniciar una aventura? Descarté sin más cualquier combinación que comenzara con una iniciativa mía: mi ignorancia de esa técnica callejera y mi cara me indujeron a tomar esa decisión melancólica y definitiva.

No quedaba sino esperar una feliz circunstancia, de ésas que suelen presentarse cada millón de veces: que ella hablara primero. De modo que mi felicidad estaba librada a una remotísima lotería, en la que había que ganar una vez para tener derecho a jugar nuevamente y sólo recibir el premio en el caso de ganar en esta segunda jornada. Efectivamente, tenía que darse la posibilidad de encontrarme con ella y luego la posibilidad, todavía más improbable, de que ella me dirigiera la palabra. Sentí un especie de vértigo, de tristeza y desesperanza. Pero, no obstante, seguí preparando mi posición.

Imaginaba, pues, que ella me hablaba, por ejemplo para preguntarme una dirección o acerca de un ómnibus; y a partir de esa frase inicial yo construí durante meses de reflexión, de melancolía, de rabia, de abandono y de esperanza, una serie interminable de variantes. En alguna yo era locuaz, dicharachero (nunca lo he sido, en realidad); en otra era parco; en otras me imaginaba risueño. A veces, lo que es sumamente singular, contestaba bruscamente a la pregunta de ella y hasta con rabia contenida; sucedió (en alguno de esos encuentros imaginarios) que la entrevista se malograra por irritación absurda de mi parte, por reprocharle casi groseramente una consulta que yo juzgaba inútil o irreflexiva. Estos encuentros fracasados me dejaban lleno de amargura, y durante varios días me reprochaba la torpeza con que había perdido una oportunidad tan remota de entablar relaciones con ella; felizmente, terminaba por advertir que todo eso era imaginario y que al menos seguía quedando la posibilidad real. Entonces volvía a prepararme con más entusiasmo y a imaginar nuevos y más fructíferos diálogos callejeros. En general, la dificultad mayor estribaba en vincular la pregunta de ella con algo tan general y alejado de las preocupaciones diarias como la esencia general del arte o, por lo menos, la impresión que le había producido mi ventanita. Por supuesto, si se tiene tiempo y tranquilidad, siempre es posible establecer lógicamente, sin que choque, esa clase de vinculaciones; en una reunión social sobra el tiempo y en cierto modo se está para establecer esa clase de vinculaciones entre temas totalmente ajenos; pero en el ajetreo de una calle de Buenos Aires, entre gentes que corren colectivos [6] y que lo llevan a uno por delante, es claro que había que descartar casi ese tipo de conversación. Pero por otro lado no podía descartarla sin caer en una situación irremediable para mi destino. Volvía, pues, a imaginar diálogos, los más eficaces y rápidos posibles, que llevaran desde la frase «¿Dónde queda el Correo Central?» [7] hasta la discusión de ciertos problemas del expresionismo [8] o del superrealismo. No era nada fácil.

[6] *colectivo:* en Argentina y Bolivia, vehículo más pequeño que el autobús, dedicado al transporte público de viajeros.

[7] *Correo Central:* edificio situado entre el puerto de Buenos Aires y la llamada zona del «bajo», de dudosa fama, frecuentada por marineros y mujeres de la vida.

[8] *Expresionismo.* doctrina artística que tuvo su auge en Alema-

Una noche de insomnio llegué a la conclusión de que era inútil y artificioso intentar una conversación semejante y que era preferible atacar bruscamente el punto central, con una pregunta valiente, jugándome todo a un solo número. Por ejemplo, preguntando: «¿Por qué miró solamente la ventanita?» Es común que en las noches de insomnio sea teóricamente más decidido que durante el día, en los hechos. Al otro día, al analizar fríamente esta posibilidad, concluí que jamás tendría suficiente valor para hacer esa pregunta a boca de jarro. Como siempre, el desaliento me hizo caer en el otro extremo: imaginé entonces una pregunta tan indirecta que para llegar al punto que me interesaba (la ventana) casi se requería una larga amistad: una pregunta del género de: «¿Tiene interés en el arte?»

No recuerdo ahora todas las variantes que pensé. Sólo recuerdo que había algunas tan complicadas que eran prácticamente inservibles. Sería un azar demasiado portentoso que la realidad coincidiera luego con una llave tan complicada, preparada de antemano ignorando la forma de la cerradura. Pero sucedía que cuando había examinado tantas variantes enrevesadas, me olvidaba del orden de las preguntas y respuestas o las mezclaba, como sucede en el ajedrez cuando uno imagina partidas de memoria. Y también resultaba a menudo que reemplazaba frases de una variante con frases de otra, con resultados ridículos o desalentadores. Por ejemplo, detenerla para darle una dirección y en seguida preguntarle: «¿Tiene mucho interés en el arte?» Era grotesco.

Cuando llegaba a esta situación descansaba por varios días de barajar combinaciones.

---

nia. Expresión de la realidad tal como la percibe la sensibilidad, generalmente distorsionada. Se funda hacia 1902 en Dresde. Algunos de sus integrantes pictóricos fueron Kirchner, Nolde, Müller, Kandinsky.

*Superrealismo:* movimiento literario y artístico que se desarrolla a partir del Manifiesto que publica André Breton en 1924. En España se emplea más frecuentemente el nombre de *surrealismo.*

# VI

Al verla caminar por la vereda de enfrente, todas las variantes se amontonaron y revolvieron en mi cabeza. Confusamente, sentí que surgían en mi conciencia frases íntegras elaboradas y aprendidas en aquella larga gimnasia preparatoria: «¿Tiene mucho interés en el arte?», «¿Por qué miró sólo la ventanita?», etcétera. Con más insistencia que ninguna otra, surgía una frase que yo había desechado por grosera y que en ese momento me llenaba de vergüenza y me hacía sentir aún más ridículo: «¿Le gusta Castel?»

Las frases, sueltas y mezcladas, formaban un tumultuoso rompecabezas en movimiento, hasta que comprendí que era inútil preocuparme de esa manera: recordé que era ella quien debía tomar la iniciativa de cualquier conversación. Y desde ese momento me sentí estúpidamente tranquilizado, y hasta creo que llegué a pensar, también estúpidamente: «Vamos a ver ahora cómo se las arreglará.»

Mientras tanto, y a pesar de ese razonamiento, me sentía tan nervioso y emocionado que no atinaba a otra cosa que a seguir su marcha por la vereda de enfrente, sin pensar que si quería darle al menos la hipotética posibilidad de preguntarme una dirección tenía que cruzar la vereda y acercarme. Nada más grotesco, en efecto, que suponerla pidiéndome a gritos, desde allá, una dirección.

¿Qué haría? ¿Hasta cuándo duraría esa situación? Me sentí infinitamente desgraciado. Caminamos varias cuadras [9]. Ella siguió caminando con decisión.

Estaba muy triste, pero tenía que seguir hasta el fin: no era posible que después de haber esperado este instante durante meses dejase escapar la oportunidad. Y el

---

[9] *cuadra* en América, distancia entre los ángulos de un mismo lado de una manzana de casas.

andar rápidamente mientras mi espíritu vacilaba tanto me producía una sensación singular: mi pensamiento era como un gusano ciego y torpe dentro de un automóvil a gran velocidad.

Dio vuelta en la esquina de San Martín, caminó unos pasos y entró en el edificio de la Compañía T. Comprendí que tenía que decidirme rápidamente y entré detrás, aunque sentí que en esos momentos estaba haciendo algo desproporcionado y monstruoso.

Esperaba el ascensor. No había nadie más. Alguien más audaz que yo pronunció desde mi interior esta pregunta increíblemente estúpida:

—¿Este es el edificio de la Compañía T.?

Un cartel de varios metros de largo, que abarcaba todo el frente del edificio, proclamaba que, en efecto, ese era el edificio de la Compañía T.

No obstante, ella se dio vuelta con sencillez y me respondió afirmativamente. (Más tarde, reflexionando sobre mi pregunta y sobre la sencillez y tranquilidad con que ella me respondió, llegué a la conclusión de que, al fin y al cabo, sucede que muchas veces uno no ve carteles demasiado grandes: y que, por lo tanto, la pregunta no era tan irremediablemente estúpida como había pensado en los primeros momentos.)

Pero en seguida, al mirarme, se sonrojó tan intensamente, que comprendí me había reconocido. Una variante que jamás había pensado y, sin embargo, muy lógica, pues mi fotografía había aparecido muchísimas veces en revistas y diarios.

Me emocioné tanto que sólo atiné a otra pregunta desafortunada; le dije bruscamente:

—¿Por qué se sonroja?

Se sonrojó aún más e iba a responder quizá algo cuando, ya completamente perdido el control, agregué atropelladamente:

—Usted se sonroja porque me ha reconocido. Y usted cree que esto es una casualidad, pero no es una casualidad, nunca hay casualidades. He pensado en usted varios meses. Hoy la encontré por la calle y la seguí.

Tengo algo importante que preguntarle, algo referente a la ventanita, ¿comprende?

Ella estaba asustada:

—¿La ventanita? —balbuceó—. ¿Qué ventanita?

Sentí que se me aflojaban las piernas. ¿Era posible que no la recordara? Entonces no le había dado la menor importancia, la había mirado por simple curiosidad. Me sentí grotesco y pensé vertiginosamente que todo lo que había pensado y hecho durante esos meses (incluyendo esta escena) era el colmo de la desproporción y del ridículo, una de esas típicas construcciones imaginarias mías, tan presuntuosas como esas reconstrucciones de un dinosaurio realizadas a partir de una vértebra rota.

La muchacha estaba próxima al llanto. Pensé que el mundo se me venía abajo, sin que yo atinara a nada tranquilo o eficaz. Me encontré diciendo algo que ahora me avergüenza escribir:

—Veo que me he equivocado. Buenas tardes.

Salí apresuradamente y caminé casi corriendo en una dirección cualquiera. Habría caminado una cuadra cuando oí detrás una voz que me decía:

—¡Señor, señor!

Era ella, que me había seguido sin animarse a detenerme. Ahí estaba y no sabía cómo justificar lo que había pasado. En voz baja, me dijo:

—Perdóneme, señor... Perdone mi estupidez... Estaba tan asustada...

El mundo había sido, hacía unos instantes, un caos de objetos y seres inútiles. Sentí que volvía a rehacer y a obedecer a un orden. La escuché mudo.

—No advertí que usted preguntaba por la escena del cuadro —dijo temblorosamente.

Sin darme cuenta, la agarré de un brazo.

—¿Entonces la recuerda?

Se quedó un momento sin hablar, mirando al suelo. Luego dijo con lentitud:

—La recuerdo constantemente.

Después sucedió algo curioso: pareció arrepentirse de lo que había dicho porque se volvió bruscamente y echó casi a correr. Al cabo de un instante de sorpresa corrí tras ella, hasta que comprendí lo ridículo de la escena; miré entonces a todos lados y seguí caminando con paso rápido pero normal. Esta decisión fue determinada por dos reflexiones: primero, que era grotesco que un hombre conocido corriera por la calle detrás de una muchacha; segundo, *que no era necesario*. Esto último era lo esencial: podría verla en cualquier momento, a la entrada o a la salida de la oficina. ¿A qué correr como loco? Lo importante, lo verdaderamente importante, era que recordaba la escena de la ventana: «La recordaba constantemente.» Estaba contento, me hallaba capaz de grandes cosas y solamente me reprochaba el haber perdido el control al pie del ascensor y ahora, otra vez, al correr como un loco detrás de ella, cuando era evidente que podría verla en cualquier momento en la oficina.

## VII

«¿En la oficina?», me pregunté de pronto en voz alta, casi a gritos, sintiendo que las piernas se me aflojaban de nuevo. ¿Y quién me había dicho que trabajaba en esa oficina? ¿Acaso sólo entra en una oficina la gente que trabaja allí? La idea de perderla por varios meses más, o quizá para siempre, me produjo un vértigo y ya sin reflexionar sobre las conveniencias corrí como un desesperado; pronto me encontré en la puerta de la Compañía T. y ella no se veía por ningún lado. ¿Habría tomado ya el ascensor? Pensé interrogar al ascensorista, pero ¿cómo preguntarle? Podían haber subido ya muchas mujeres y tendría entonces que especificar detalles: ¿qué pensaría el ascensorista? Caminé un rato por la vereda, indeciso. Luego crucé a la otra vereda y examiné el frente del edificio, no comprendo por qué. ¿Quizá con la vaga esperanza de ver asomarse a la muchacha por una ventana? Sin embargo era absurdo pensar que pudiera asomarse para hacerme señas o cosas por el estilo. Sólo vi el gigantesco cartel que decía:

COMPAÑÍA T.

Juzgué a ojo que debería abarcar unos veinte metros de frente; este cálculo aumentó mi malestar. Pero ahora no tenía tiempo de entregarme a ese sentimiento: ya me torturaría más tarde,, con tranquilidad. Por el momento no vi otra solución que entrar. Enérgicamente penetré en el edificio y esperé que bajara el ascensor; pero a medida que bajaba noté que mi decisión disminuía, al mismo tiempo que mi habitual timidez crecía tumultuosamente. De modo que cuando la puerta del ascensor se abrió ya tenía perfectamente decidido lo que debía hacer: *no diría una sola palabra.* Claro que, en ese caso, ¿para qué tomar el ascensor? Resultaba violento, sin embargo, no hacerlo, después de haber esperado visiblemente en compañía de varias personas. ¿Cómo se interpretaría un hecho semejante? No encontré otra solución que tomar el ascensor, manteniendo, claro, mi punto de vista de *no pronunciar una sola palabra;* cosa perfectamente factible y hasta más normal que lo contrario: lo corriente es que nadie tenga la obligación de hablar en el interior de un ascensor, a menos que uno sea amigo del ascensorista, en cuyo caso es natural preguntarle por el tiempo o por el hijo enfermo. Pero como yo no tenía ninguna relación y en verdad jamás hasta ese momento había visto a ese hombre, mi decisión de no abrir la boca no podía producir la más mínima complicación. El hecho de que hubiera varias personas facilitaba mi trabajo, pues lo hacía pasar inadvertido.

Entré tranquilamente al ascensor, pues, y las cosas ocurrieron como había previsto, sin ninguna dificultad; alguien comentó con el ascensorista el calor húmedo y este comentario aumentó mi bienestar, porque confirmaba mis razonamientos. Experimenté una ligera nerviosidad cuando dije «octavo», pero sólo podría haber sido notada por alguien que estuviera enterado de los fines que yo perseguía en ese momento.

Al llegar al piso octavo vi que otra persona salía conmigo, lo que complicaba un poco la situación; caminando con lentitud esperé que el otro entrara en una de las oficinas mientras yo todavía caminaba a lo largo del pasillo. Entonces respiré tranquilo; di unas vueltas por el corredor, fui hasta el extremo, miré el panorama de Buenos Aires por una ventana, me volví y llamé por fin el ascensor. Al poco rato estaba en la puerta del edificio sin que hubiera sucedido ninguna de las escenas desagradables que había temido (preguntas raras del ascensorista, etcétera). Encendí un cigarrillo y no había terminado de encenderlo cuando advertí que mi tranquilidad era bastante absurda: era cierto que no había pasado nada desagradable, pero también era cierto que *no había pasado nada en absoluto*. En otras palabras más crudas: la muchacha estaba perdida, a menos que trabajase regularmente en esas oficinas; pues si había entrado para hacer una simple gestión podía ya haber subido y bajado, desencontrándose conmigo. «Claro que —pensé— si ha entrado por una gestión es también posible que no la haya terminado en tan corto tiempo.» Esta reflexión me animó nuevamente y decidí esperar al pie del edificio.

Durante una hora estuve esperando sin resultado. Analicé las diferentes posibilidades que se presentaban:

1.   La gestión era larga; en ese caso había que seguir esperando.

2.   Después de lo que había pasado, quizá estaba demasiado excitada y habría ido a dar una vuelta antes de hacer la gestión; también correspondía esperar.

3.   Trabajaba allí; en este caso había que esperar hasta la hora de salida.

«De modo que esperando hasta esa hora —razoné— enfrento las tres posibilidades.»

Esta lógica me pareció de hierro y me tranquilizó bastante para decidirme a esperar con serenidad en el café de la esquina, desde cuya vereda podía vigilar la salida de la gente. Pedí cerveza y miré el reloj: eran las tres y cuarto.

A medida que fue pasando el tiempo me fui afirmando en la última hipótesis: trabajaba allí. A las seis me levanté, pues me parecía mejor esperar en la puerta del edificio: seguramente saldría mucha gente de golpe y era posible que no la viera desde el café.

A las seis y minutos empezó a salir el personal.

A las seis y media habían salido casi todos, como se infería del hecho de que cada vez raleaban más. A las siete menos cuarto no salía casi nadie: solamente, de vez en cuando, algún alto empleado; a menos que ella fuera un alto empleado («Absurdo», pensé) o secretaria de un alto empleado («Eso sí», pensé con una débil esperanza).

A las siete todo había terminado.

## VIII

Mientras volvía a mi casa profundamente deprimido, trataba de pensar con claridad. Mi cerebro es un hervidero, pero cuando me pongo nervioso las ideas se me suceden como en un vertiginoso ballet; a pesar de lo cual, o quizá por eso mismo, he ido acostumbrándome a gobernarlas y ordenarlas rigurosamente; de otro modo creo que no tardaría en volverme loco.

Como dije, volví a casa en un estado de profunda depresión, pero no por eso dejé de ordenar y clasificar las ideas, pues sentí que era necesario pensar con claridad si no quería perder para siempre a la única persona que evidentemente había comprendido mi pintura.

O ella entró en la oficina para hacer una gestión, o trabajaba allí; no había otra posibilidad. Desde luego, esta última era la hipótesis más favorable. En ese caso, al separarse de mí se habría sentido trastornada y decidiría volver a su casa: Era necesario esperarla, pues, al otro día frente a la entrada.

Analicé luego la otra posibilidad: la gestión. Podría haber sucedido que, trastornada por el encuentro, hubiera vuelto a la casa y decidido dejar la gestión para el otro día. También en este caso correspondía esperarla en la entrada.

Estas dos eran las posibilidades favorables. La otra era terrible: la gestión había sido hecha mientras yo llegaba al edificio y durante mi aventura de ida y vuelta en el ascensor. Es decir, que nos habíamos cruzado sin vernos. El tiempo de todo este proceso era muy breve y era muy improbable que las cosas hubieran sucedido de este modo, pero era posible: bien podía consistir la famosa gestión en entregar una carta, por ejemplo. En tales condiciones creí inútil volver al otro día a esperar.

Había, sin embargo, dos posibilidades favorables y me aferré a ellas con desesperación.

Llegué a mi casa con una mezcla de sentimientos: Por un lado, cada vez que pensaba en la frase que ella había dicho («La recuerdo constantemente») mi corazón latía con violencia y sentí que se me abría una oscura pero vasta y poderosa perspectiva; intuí que una gran fuerza, hasta ese momento dormida, se desencadenaría en mí. Por otro lado, imaginé que podía pasar mucho tiempo antes de volver a encontrarla. Era necesario encontrarla. Me encontré diciendo en alta voz, varias veces: «¡Es necesario, es necesario!»

IX

Al otro día, temprano, estaba ya parado frente a la puerta de entrada de las oficinas de T. Entraron todos los empleados, pero ella no apareció: era claro que no trabajaba allí, aunque restaba la débil hipótesis de que hubiera enfermado y no fuese a la oficina por varios días.

Quedaba, además, la posibilidad de la gestión, de manera que decidí esperar toda la mañana en el café de la esquina.

Había ya perdido toda esperanza (serían alrededor de las once y media) cuando la vi salir de la boca del subterráneo [10]. Terriblemente agitado, me levanté de un salto y fui a su encuentro. Cuando ella me vio, se detuvo como si de pronto se hubiera convertido en piedra: era evidente que no contaba con semejante aparición. Era curioso, pero la sensación de que mi mente había traba-

---

[10] *subterráneo:* en Argentina, metro.

jado con un rigor férreo me daba una energía inusitada: me sentía fuerte, estaba poseído por una decisión viril y dispuesto a todo. Tanto que la tomé de un brazo casi con brutalidad y, sin decir una sola palabra, la arrastré por la calle San Martín en dirección a la plaza. Parecía desprovista de voluntad; no dijo una sola palabra.

Cuando habíamos caminado unas dos cuadras, me preguntó:

—¿A dónde me lleva?

—A la plaza de San Martín. Tengo mucho que hablar con usted —le respondí, mientras seguía caminando con decisión, siempre arrastrándola del brazo.

Murmuró algo referente a las oficinas de T., pero yo seguí arrastrándola y no oí nada de lo que me decía. Agregué:

—Tengo muchas cosas que hablar con usted.

No ofrecía resistencia; yo me sentía como un río crecido que arrastra una rama. Llegamos a la plaza y busqué un banco aislado.

—¿Por qué huyó? —fue lo primero que le pregunté. Me miró con esa expresión que yo había notado el día anterior, cuando me dijo «la recuerdo constantemente»: era una mirada extraña, fija, penetrante, parecía venir de atrás; esa mirada me recordaba algo, unos ojos parecidos, pero no podía recordar dónde los había visto.

—No sé —respondió finalmente—. También querría huir ahora.

Le apreté el brazo.

—Prométame que no se irá nunca más. La necesito, la necesito mucho —le dije.

Volvió a mirarme como si me escrutara, pero no hizo ningún comentario. Después fijó sus ojos en un árbol lejano.

De perfil no me recordaba nada. Su rostro era hermoso pero tenía algo duro. El pelo era largo y castaño. Físicamente, no aparentaba mucho más de veintiséis años, pero existía en ella algo que sugería edad, algo típico de una persona que ha vivido mucho; no canas ni ninguno de esos indicios puramente materiales, sino algo indefinido y seguramente de orden espiritual; quizá la mirada, pero ¿hasta qué punto se puede decir que la mirada de un ser humano es algo físico?; quizá la manera de apretar la boca, pues, aunque la boca y los labios son elementos físicos, la manera de apretarlos y ciertas arrugas son también elementos espirituales. No pude precisar en aquel momento, ni tampoco podría precisarlo ahora, qué era, en definitiva, lo que daba esa impresión de edad. Pienso que también podría ser el modo de hablar.

—Necesito mucho de usted —repetí.

No respondió: seguía mirando el árbol.

—¿Por qué no habla? —le pregunté.

Sin dejar de mirar el árbol, contestó:

—Yo no soy nadie. Usted es un gran artista. No veo para qué me puede necesitar.

Le grité brutalmente:

—¡Le digo que la necesito! ¿Me entiende?

Siempre mirando el árbol, musitó:

—¿Para qué?

No respondí en el instante. Dejé su brazo y quedé pensativo. ¿Para qué, en efecto? Hasta ese momento no me había hecho con claridad la pregunta y más bien había obedecido a una especie de instinto. Con una ramita comencé a trazar dibujos geométricos en la tierra.

—No sé —murmuré al cabo de un buen rato—. Todavía no lo sé.

Reflexionaba intensamente y con la ramita complicaba cada vez más los dibujos.

—Mi cabeza es un laberinto oscuro. A veces hay como relámpagos que iluminan algunos corredores. Nunca termino de saber por qué hago ciertas cosas. No, no es eso...

Me sentía bastante tonto: de ninguna manera era esa mi forma de ser. Hice un gran esfuerzo mental: ¿acaso yo no razonaba? Por el contrario, mi cerebro estaba constantemente razonando como una máquina de calcular; por ejemplo, en esta misma historia, ¿no me había pasado meses razonando y barajando hipótesis y clasificándolas? Y, en cierto modo, ¿no había encontrado a María al fin, gracias a mi capacidad lógica? Sentí que estaba cerca de la verdad, muy cerca, y tuve miedo de perderla: hice un enorme esfuerzo.

Grité:

—¡No es que no sepa razonar! Al contrario, razono siempre. Pero imagine usted un capitán que en cada instante fija matemáticamente su posición y sigue su ruta hacia el objetivo con un rigor implacable. Pero que *no sabe por qué va hacia ese objetivo,* ¿entiende?

Me miró un instante con perplejidad; luego volvió nuevamente a mirar el árbol.

—Siento que usted será algo esencial para lo que tengo que hacer, aunque todavía no me doy cuenta de la razón.

Volví a dibujar con la ramita y seguí haciendo un gran esfuerzo mental. Al cabo de un tiempo, agregué:

—Por lo pronto sé que es algo vinculado a la escena de la ventana: usted ha sido la única persona que le ha dado importancia.

—Yo no soy crítico de arte —murmuró.

Me enfurecí y grité:

—¡No me hable de esos cretinos!

Se dio vuelta sorprendida. Yo bajé entonces la voz y le expliqué por qué no creía en los críticos de arte: en fin, la teoría del bisturí y todo eso. Me escuchó siempre sin mirarme y cuando yo terminé comentó:

—Usted se queja, pero los críticos siempre lo han elogiado.

—¡Peor para mí! ¿No comprende? Es una de las cosas que me han amargado y que me han hecho pensar que ando por el mal camino. Fíjese, por ejemplo, lo que ha pasado en este salón: ni uno solo de esos charlatanes se dio cuenta de la importancia de esa escena. Hubo una sola persona que le ha dado importancia: usted. Y usted no es un crítico. No, en realidad hay otra persona que le ha dado importancia, pero negativa: me lo ha reprochado, le tiene aprensión, casi asco. En cambio, usted...

Siempre mirando hacia adelante, dijo lentamente:

—¿Y no podría ser que yo tuviera la misma opinión?

—¿Qué opinión?

—La de esa persona.

La miré ansiosamente; pero su cara, de perfil, era inescrutable: con sus mandíbulas apretadas. Respondí con firmeza:

—Usted piensa como yo.

—¿Y qué es lo que piensa usted?

—No sé, tampoco podría responder a esa pregunta. Mejor podría decirle que usted *siente* como yo. Usted miraba aquella escena como la habría podido mirar yo en su lugar. No sé qué piensa y tampoco sé lo que pienso yo, pero sé que piensa como yo.

—¿Pero entonces usted no piensa sus cuadros?

—Antes los pensaba mucho, los construía como se construye una casa. Pero esa escena no: sentía que debía pintarla así, sin saber bien por qué. Y sigo sin saber. En realidad, no tiene nada que ver con el resto del cuadro y hasta creo que uno de esos idiotas me lo hizo notar. Estoy caminando a tientas, y necesito su ayuda porque sé que siente como yo.

—No sé exactamente lo que piensa usted.

Comenzaba a impacientarme. Le respondí secamente:

—¿No le digo que no sé lo que pienso? Si pudiera decir con palabras claras lo que siento, sería casi como pensar claro. ¿No es cierto?

—Sí, es cierto.

Me callé un momento y pensé, tratando de ver claro. Después agregué:

—Podría decirse que toda mi obra anterior es más superficial.

—¿Qué obra anterior?

—La anterior a la ventana.

Me concentré nuevamente y luego dije:

—No, no es eso exactamente, no es eso. No es que fuera más superficial.

¿Qué era, verdaderamente? Nunca, hasta ese momento, me había puesto a pensar en este problema; ahora me daba cuenta hasta qué punto había pintado la escena de la ventana como un sonámbulo.

—No, no es que fuera más superficial —agregué, como hablando para mí mismo—. No sé, todo esto tiene algo que ver con la humanidad en general ¿comprende? Recuerdo que días antes de pintarla había leído que en un campo de concentración alguien pidió de comer y lo obligaron a comerse una rata viva. A veces creo que nada tiene sentido. En un planeta minúsculo, que corre hacia la nada desde millones de años, nacemos en medio de dolores, crecemos, luchamos, nos enfermamos, sufrimos, hacemos sufrir, gritamos, morimos, mueren y otros están naciendo para volver a empezar la comedia inútil.

¿Sería eso, verdaderamente? Me quedé reflexionando en esa idea de la falta de sentido. ¿Toda nuestra vida sería una serie de gritos anónimos en un desierto de astros indiferentes?

Ella seguía en silencio.

—Esa escena de la playa me da miedo —agregué después de un largo rato—, aunque sé que es algo más profundo. No, más bien quiero decir que me representa profundamente a *mí*... Eso es. No es un mensaje claro, todavía, no, pero me representa profundamente a *mí*.

Oí que ella decía:

—¿Un mensaje de desesperanza, quizá?

La miré ansiosamente:

—Sí —respondí—, me parece que un mensaje de desesperanza. ¿Ve cómo usted sentía como yo?

Después de un momento, preguntó:

—¿Y le parece elogiable un mensaje de desesperanza?

La observé con sorpresa.

—No —repuse—, me parece que no. ¿Y usted qué piensa?

Quedó un tiempo bastante largo sin responder; por fin volvió la cara y su mirada se clavó en mí.

—La palabra elogiable no tiene nada que hacer aquí —dijo, como contestando a su propia pregunta—. Lo que importa es la verdad.

—¿Y usted cree que esa escena es verdadera? —pregunté.

Casi con dureza, afirmó:

—Claro que es verdadera.

Miré ansiosamente su rostro duro, su mirada dura.

«¿Por qué esa dureza?», me preguntaba, «¿por qué?» Quizá sintió mi ansiedad, mi necesidad de comunión, porque por un instante su mirada se ablandó y pareció ofrecerme un puente; pero sentí que era un puente transitorio y frágil colgado sobre un abismo. Con una voz también diferente, agregó:

—Pero no sé qué ganará con verme. Hago mal a todos los que se me acercan.

## X

Quedamos en vernos pronto. Me dio vergüenza decirle que deseaba verla al otro día o que deseaba seguir viéndola allí mismo y que ella no debería separarse ya nunca de mí. A pesar de que mi memoria es sorprendente, tengo, de pronto, lagunas inexplicables. No sé ahora qué le dije en aquel momento, pero recuerdo que ella me respondió que debía irse.

Esa misma noche le hablé por teléfono. Me atendió una mujer; cuando le dije que quería hablar con la señorita María Iribarne pareció vacilar un segundo, pero luego dijo que iría a ver si estaba. Casi instantáneamente oí la voz de María, pero con un tono casi oficinesco, que me produjo un vuelco.

—Necesito verla, María —le dije—. Desde que nos separamos he pensado constantemente en usted, cada segundo.

Me detuve temblando. Ella no contestaba.

—¿Por qué no contesta? —le dije con nerviosidad creciente.

—Espere un momento —respondió.

Oí que dejaba el tubo [11]. A los pocos instantes oí de nuevo su voz, pero esta vez su voz verdadera; ahora también ella parecía estar temblando.

—No podía hablar —me explicó.

—¿Por qué?

—Acá entra y sale mucha gente.

---

[11] *tubo:* expresión popular para designar el auricular del teléfono.

—¿Y ahora cómo puede hablar?

—Porque cerré la puerta. Cuando cierro la puerta saben que no deben molestarme.

—Necesito verla, María —repetí con violencia—. No he hecho otra cosa que pensar en usted desde el mediodía.

Ella no respondió.

—¿Por qué no responde?

—Castel... —comenzó con indecisión.

—¡No me diga Castel! —grité indignado.

—Juan Pablo... —dijo entonces, con timidez.

Sentí que una interminable felicidad comenzaba con esas dos palabras.

Pero María se había detenido nuevamente.

—¿Qué pasa? —pregunté—. ¿Por qué no habla?

—Yo también —musitó.

—¿Yo también qué? —pregunté con ansiedad.

—Que yo también no he hecho más que pensar.

—¿Pero pensar en qué? —seguí preguntando, insaciable.

—En todo.

—¿Cómo en todo? ¿En qué?

—En lo extraño que es todo esto... lo de su cuadro... el encuentro de ayer... lo de hoy... qué sé yo...

La imprecisión siempre me ha irritado.

—Sí, pero yo le he dicho que no he dejado de pensar en *usted* —respondí—. Usted no me dice que haya pensado en mí.

Pasó un instante. Luego respondió:

—Le digo que he pensado en *todo*.

—No ha dado detalles.

—Es que todo es tan extraño, ha sido tan extraño... estoy tan perturbada... Claro que pensé en usted...

Mi corazón golpeó. Necesitaba detalles: me emocionan los detalles, no las generalidades.

—¿Pero cómo, cómo?... —pregunté con creciente ansiedad—. Yo he pensado en cada uno de sus rasgos, en su perfil, cuando miraba el árbol, en su pelo castaño, en sus ojos duros y cómo de pronto se hacen blandos, en su forma de caminar...

—Tengo que cortar —me interrumpió de pronto—.
Viene gente.

—La llamaré mañana temprano —alcancé a decir, con
desesperación.

—Bueno —respondió rápidamente.


## XI


Pasé una noche agitada. No pude dibujar ni pintar,
aunque intenté muchas veces empezar algo. Salí a caminar y de pronto me encontré en la calle Corrientes[12].
Me pasaba algo muy extraño: miraba con simpatía a
todo el mundo. Creo haber dicho que me he propuesto
hacer este relato en forma totalmente imparcial y ahora
daré la primera prueba, confesando uno de mis peores
defectos: siempre he mirado con antipatía y hasta con
asco a la gente, sobre todo a la gente amontonada; nunca he soportado las playas en verano. Algunos hombres,
algunas mujeres aisladas me fueron muy queridos, por
otros sentí admiración (no soy envidioso), por otros tuve
verdadera simpatía; por los chicos siempre tuve ternura y compasión (sobre todo cuando, mediante un esfuerzo mental, trataba de olvidar que al fin serían hombres
como los demás); pero, *en general,* la humanidad me
pareció siempre detestable. No tengo inconvenientes en
manifestar que a veces me impedía comer en todo el
día o me impedía pintar durante una semana el haber
observado un rasgo; es increíble hasta qué punto la codicia, la envidia, la petulancia, la grosería, la avidez y,
en general, todo ese conjunto de atributos que forman
la condición humana pueden verse en una cara, en una
manera de caminar, en una mirada. Me parece natural
que después de un encuentro así uno no tenga ganas de

---

[12] *calle Corrientes:* calle céntrica de Buenos Aires, bulliciosa,
atestada de cines, hoteles, bares y comercios. De intensa vida
nocturna, se la señala como la calle en que siempre se puede oír
la música de un tango.

comer, de pintar, ni aun de vivir. Sin embargo, quiero hacer constar que no me enorgullezco de esta característica; sé que es una muestra de soberbia y sé, también, que mi alma ha albergado muchas veces la codicia, la petulancia, la avidez y la grosería. Pero he dicho que me propongo narrar esta historia con entera imparcialidad, y así lo haré.

Esa noche, pues, mi desprecio por la humanidad parecía abolido o, por lo menos, transitoriamente ausente. Entré en el café Marzotto. Supongo que ustedes saben que la gente va allí a oír tangos[13], pero a oírlos como un creyente en Dios oye *La pasión según San Mateo*[14].


## XII


A la mañana siguiente, a eso de las diez, llamé por teléfono. Me atendió la misma mujer del día anterior. Cuando pregunté por la señorita María Iribarne me dijo que esa misma mañana había salido para el campo. Me quedé frío.

—¿Para el campo? —pregunté.

—Sí, señor. ¿Usted es el señor Castel?

—Sí, soy Castel.

—Dejó una carta para usted, acá. Que perdone, pero no tenía su dirección.

Me había hecho tanto a la idea de verla ese mismo día y esperaba cosas tan importantes de ese encuentro que este anuncio me dejó anonadado. Se me ocurrieron una serie de preguntas: ¿Por qué había resuelto ir al campo? Evidentemente, esta resolución había sido tomada después de nuestra conversación telefónica, porque, si no, me habría dicho algo acerca del viaje y, sobre todo, no habría aceptado mi sugestión de hablar por

---

[13] *tango:* Sábato lo define como «humilde suburbio de la literatura argentina», por la profundidad metafísica de sus letras.

[14] *La pasión según San Mateo:* obra barroca de carácter religioso del músico alemán Juan Sebastián Bach (1685-1750).

teléfono a la mañana siguiente. Ahora bien, si esa resolución era posterior a la conversación por teléfono ¿sería también *consecuencia de esa conversación?* Y si era consecuencia, ¿por qué?, ¿quería huir de mí una vez más?, ¿temía el inevitable encuentro del otro día?

Este inesperado viaje al campo despertó la primera duda. Como sucede siempre, empecé a encontrar sospechosos detalles anteriores a los que antes no había dado importancia. ¿Por qué esos cambios de voz en el teléfono el día anterior? ¿Quiénes eran esas gentes que «entraban y salían» y que le impedían hablar con naturalidad? Además, *eso probaba que ella era capaz de simular.* ¿Y por qué vaciló esa mujer cuando pregunté por la señorita Iribarne? Pero una frase sobre todo se me había grabado como con ácido: «Cuando cierro la puerta saben que no deben molestarme.» Pensé que alrededor de María existían muchas sombras.

Estas reflexiones me las hice por primera vez mientras corría a su casa. Era curioso que ella no hubiera averiguado mi dirección; yo, en cambio, conocía ya su dirección y su teléfono. Vivía en la calle Posadas, casi en la esquina de Seaver [15].

Cuando llegué al quinto piso y toqué el timbre, sentí una gran emoción.

Abrió la puerta un mucamo [16] que debía de ser polaco o algo por el estilo y cuando di mi nombre me hizo pasar a una salita llena de libros: las paredes estaban cubiertas de estantes hasta el techo, pero también había montones de libros encima de dos mesitas y hasta de un sillón. Me llamó la atención el tamaño excesivo de muchos volúmenes.

Me levanté para echar un vistazo a la biblioteca. De pronto tuve la impresión de que alguien me observaba en silencio a mis espaldas. Me di vuelta y vi a un hombre en el extremo opuesto de la salita: era alto, flaco, tenía una hermosa cabeza. Sonreía pero en *general,* sin precisión. A pesar de que tenía los ojos abiertos, me di

---

[15] *Posadas, casi en la esquina de Seaver* calles del residencial *barrio Norte* de Buenos Aires, cercano a la estación Retiro.

[16] *mucamo:* en Argentina, criado.

cuenta de que era ciego. Entonces me expliqué el tamaño anormal de los libros.

—¿Usted es Castel, no? —me dijo con cordialidad, extendiéndome la mano.

—Sí, señor Iribarne —respondí, entregándole mi mano con perplejidad, mientras pensaba qué clase de vinculación familiar podía haber entre María y él.

Al mismo tiempo que me hacía señas de tomar asiento, sonrió con una ligera expresión de ironía y agregó:

—No me llamo Iribarne y no me diga señor. Soy Allende, marido de María.

Acostumbrado a valorizar y quizá a interpretar los silencios, añadió inmediatamente:

—María usa siempre su apellido de soltera.

Yo estaba como una estatua.

—María me ha hablado mucho de su pintura. Como quedé ciego hace pocos años, todavía puedo imaginar bastante bien las cosas.

Parecía como si quisiera disculparse de su ceguera. Yo no sabía qué decir. ¡Cómo ansiaba estar solo, en la calle, para pensar en todo!

Sacó una carta de un bolsillo y me la alcanzó.

—Acá está la carta —dijo con sencillez, como si no tuviera nada de extraordinario.

Tomé la carta e iba a guardarla cuando el ciego agregó, como si hubiera visto mi actitud:

—Léala, no más. Aunque siendo de María no debe de ser nada urgente.

Yo temblaba. Abrí el sobre, mientras él encendía un cigarrillo, después de haberme ofrecido uno. Saqué la carta; decía una sola frase:

*Yo también pienso en usted.*

María

Cuando el ciego oyó doblar el papel, preguntó:

—Nada urgente, supongo.

Hice un gran esfuerzo y respondí:

—No, nada urgente.

Me sentí una especie de monstruo, viendo sonreír al ciego, que me miraba con los ojos bien abiertos.

—Así es María —dijo, como pensando para sí—. Muchos confunden sus impulsos con urgencias. María hace, efectivamente, con rapidez, cosas que no cambian la situación. ¿Cómo le explicaré?

Miró abstraído hacia el suelo, como buscando una explicación más clara. Al rato, dijo:

—Como alguien que estuviera parado en un desierto y de pronto cambiase de lugar con gran rapidez. ¿Comprende? La velocidad no importa, siempre se está en el mismo paisaje.

Fumó y pensó un instante más, como si yo no estuviera. Luego agregó:

—Aunque no sé si es esto, exactamente. No tengo mucha habilidad para las metáforas.

No veía el momento de huir de aquella sala maldita. Pero el ciego no parecía tener apuro. «¿Qué abominable comedia es esta?», pensé.

—Ahora, por ejemplo —prosiguió Allende—, se levanta temprano y me dice que se va a la estancia [17].

—¿A la estancia? —pregunté inconscientemente.

—Sí, a la estancia nuestra. Es decir, a la estancia de mi abuelo. Pero ahora está en manos de mi primo Hunter. Supongo que lo conoce.

Esta nueva revelación me llenó de zozobra y al mismo tiempo de despecho: ¿qué podría encontrar María en ese imbécil mujeriego y cínico? Traté de tranquilizarme, pensando que ella no iría a la estancia por Hunter sino, simplemente, porque podría gustarle la soledad del campo y porque la estancia era de la familia. Pero quedé muy triste.

—He oído hablar de él —dije, con amargura.

Antes de que el ciego pudiese hablar agregué, con brusquedad:

—Tengo que irme.

—Caramba, cómo lo lamento —comentó Allende— Espero que volvamos a vernos.

[17] *estancia:* en Argentina y Chile, finca en el campo destinada al cultivo y más especialmente a la ganadería.

94

—Sí, sí, naturalmente —dije.

Me acompañó hasta la puerta. Le di la mano y salí corriendo. Mientras bajaba en el ascensor, me repetía con rabia: «¿Qué abominable comedia es ésta?»


## XIII


Necesitaba despejarme y pensar con tranquilidad. Caminé por Posadas hacia el lado de la Recoleta [18].

Mi cabeza era un pandemonio: una cantidad de ideas, sentimientos de amor y de odio, preguntas, resentimientos y recuerdos se mezclaban y aparecían sucesivamente.

¿Qué idea era esta, por ejemplo, de hacerme ir a la casa a buscar una carta y hacérmela entregar por el marido? ¿Y cómo no me había advertido que era casada? ¿Y qué diablos tenía que hacer en la estancia con el sinvergüenza de Hunter? ¿Y por qué no había esperado mi llamado telefónico? Y ese ciego, ¿qué clase de bicho era? Dije ya que tengo una idea desagradable de la humanidad; debo confesar ahora que los ciegos *no me gustan nada* y que siento delante de ellos una impresión semejante a la que me producen ciertos animales, fríos, húmedos y silenciosos, como las víboras. Si se agrega el hecho de leer delante de él una carta de la mujer que decía *Yo también pienso en usted,* no es difícil adivinar la sensación de asco que tuve en aquellos momentos.

Traté de ordenar un poco el caos de mis ideas y sentimientos y proceder con método, como acostumbro. Había que empezar por el principio, y el principio (por lo menos el inmediato) era, evidentemente, la conversación por teléfono. En esa conversación había varios puntos oscuros.

En primer término, si en esa casa era tan natural que ella tuviera relaciones con hombres, como lo probaba el

---

[18] *la Recoleta:* zona de parques y plazas en la que se halla el cementerio que le da el nombre. Está ubicada en el *barrio Norte* de Buenos Aires.

hecho de la carta a través del marido, ¿por qué emplear una voz neutra y oficinesca hasta que la puerta estuvo cerrada? Luego, ¿qué significaba esa aclaración de que «cuando está la puerta cerrada saben que no deben molestarme»? Por lo visto, era frecuente que ella se encerrara para hablar por teléfono. Pero no era creíble que se encerrase para tener conversaciones triviales con personas amigas de la casa: había que suponer que era para tener conversaciones semejantes a la nuestra. Pero entonces había en su vida otras personas como yo. ¿Cuántas eran? ¿Y quiénes eran?

Primero pensé en Hunter, pero lo excluí en seguida: ¿a qué hablar por teléfono si podía verlo en la estancia cuando quisiera? ¿Quiénes eran los otros, en ese caso?

Pensé si con esto liquidaba el asunto telefónico. No, no quedaba terminado: subsistía el problema de su contestación a mi pregunta precisa. Observé con amargura que cuando yo le pregunté si había pensado en mí, después de tantas vaguedades sólo contestó: «¿no le he dicho que he pensado en todo?» Esto de contestar con una pregunta no compromete mucho. En fin, la prueba de que esa respuesta no fue clara era que ella misma, al otro día (o esa misma noche) creyó necesario responder en forma bien precisa con una carta.

«Pasemos a la carta», me dije. Saqué la carta del bolsillo y la volví a leer:

*Yo también pienso en usted.*

MARÍA

La letra era nerviosa o por lo menos era la letra de una persona nerviosa. No es lo mismo, porque, de ser cierto lo primero, manifestaba una emoción actual, y por tanto, un indicio favorable a mi problema. Sea como sea, me emocionó muchísimo la firma: *María.* Simplemente *María.* Esa simplicidad me daba una vaga idea de pertenencia, una vaga idea de que la muchacha estaba ya en mi vida y de que, en cierto modo, me pertenecía.

¡Ay! Mis sentimientos de felicidad son tan poco duraderos... Esa impresión, por ejemplo, no resistía el menor análisis: ¿acaso el marido no la llamaba también María? Y seguramente Hunter también la llamaría así, ¿de qué otra manera podía llamarla? ¿Y las otras personas con las que hablaba a puertas cerradas? Me imagino que nadie habla a puertas cerradas a alguien que respetuosamente dice «señorita Iribarne».

«¡Señorita Iribarne»! Ahora caía en la cuenta de la vacilación que había tenido la mucama la primera vez que hablé por teléfono: ¡Qué grotesco! Pensándolo bien, era una prueba más de que ese tipo de llamado no era totalmente novedoso: evidentemente, la primera vez que alguien preguntó por la «señorita Iribarne» la mucama, extrañada, debió forzosamente haber corregido, recalcando lo de *señora*. Pero, naturalmente, a fuerza de repeticiones, la mucama había terminado por encogerse de hombros y pensar que era preferible no meterse en rectificaciones. Vaciló, era natural; pero no me corrigió.

Volviendo a la carta, reflexioné que había motivo para una cantidad de deducciones. Empecé por el hecho más extraordinario: la forma de hacerme llegar la carta. Recordé el argumento que me transmitió la mucama: «Que perdone, pero no tenía la dirección.» Era cierto: ni ella me había pedido la dirección ni a mí se me había ocurrido dársela; pero lo primero que yo habría hecho en su lugar era buscarla en la guía de teléfonos. No era posible atribuir su actitud a una inconcebible pereza, y entonces era inevitable una conclusión: *María deseaba que yo fuera a la casa y me enfrentase con el marido.* Pero ¿por qué? En este punto se llegaba a una situación sumamente complicada: podría ser que ella experimentara placer en usar al marido de intermediario; podía ser el marido el que experimentase placer; podían ser los dos. Fuera de estas posibilidades patológicas quedaba una natural: María había querido hacerme saber que era casada para que yo viera la inconveniencia de seguir adelante.

Estoy seguro de que muchos de los que ahora están leyendo estas páginas se pronunciarán por esta última hipótesis y juzgarán que sólo un hombre como yo puede elegir alguna de las otras. En la época en que yo tenía amigos, muchas veces se han reído de mi manía de elegir siempre los caminos más enrevesados: Yo me pregunto *por qué la realidad ha de ser simple.* Mi experiencia me ha enseñado que, por el contrario, casi nunca lo es y que cuando hay algo que parece extraordinariamente claro, una acción que al parecer obedece a una causa sencilla, casi siempre hay debajo móviles más complejos. Un ejemplo de todos los días: la gente que da limosnas; en general, se considera que es más generosa y mejor que la gente que no las da. Me permitiré tratar con el mayor desdén esta teoría simplista. Cualquiera sabe que no se resuelve el problema de un mendigo (de un mendigo auténtico) con un peso [19] o un pedazo de pan: solamente se resuelve el problema psicológico del señor que compra así, por casi nada, su tranquilidad espiritual y su título de generoso. Júzguese hasta qué punto esa gente es mezquina cuando no se decide a gastar más de un peso por día para asegurar su tranquilidad espiritual y la idea reconfortante y vanidosa de su bondad. ¡Cuánta más pureza de espíritu y cuánto más valor se requiere para sobrellevar la existencia de la miseria humana sin esta hipócrita (y usuaria) operación!

Pero volvamos a la carta.

Solamente un espíritu superficial podría quedarse con la misma hipótesis, pues se derrumba al menor análisis. «María quería hacerme saber que era casada para que yo viese la inconveniencia de seguir adelante.» Muy bonito. Pero ¿por qué en ese caso recurrir a un procedimiento tan engorroso y cruel? ¿No podría habérmelo dicho personalmente y hasta por teléfono? ¿No podría haberme escrito, de no tener valor para decírmelo? Quedaba todavía un argumento tremendo: ¿por qué la carta, en ese caso, no decía que era casada, como yo lo podía ver, y no rogaba que tomara nuestras relaciones en un sentido más tranquilo? No, señores. Por el contrario, la carta era una carta destinada a consolidar nuestras relaciones, a alentarlas y a conducirlas por el camino más peligroso.

Quedaban, al parecer, las hipótesis patológicas. ¿Era posible que María sintiera placer en emplear a Allende

---

[19] *un peso:* unidad monetaria de Argentina.

de intermediario? ¿O era él quien buscaba esas oportunidades? ¿O el destino se había divertido juntando dos seres semejantes?

De pronto me arrepentí de haber llegado a esos extremos, con mi costumbre de analizar indefinidamente hechos y palabras. Recordé la mirada de María fija en el árbol de la plaza, mientras oía mis opiniones; recordé su timidez, su primera huida. Y una desbordante ternura hacia ella comenzó a invadirme. Me pareció que era una frágil criatura en medio de un mundo cruel, lleno de fealdad y miseria. Sentí lo que muchas veces había sentido desde aquel momento del salón: que era un ser semejante a mí.

Olvidé mis áridos razonamientos, mis deducciones feroces. Me dediqué a imaginar su rostro, su mirada —esa mirada que me recordaba algo que no podía precisar—, su forma profunda y melancólica de razonar. Sentí que el amor anónimo que yo había alimentado durante años ¹e soledad se había concentrado en María. ¿Cómo podía pensar cosas tan absurdas?

Traté de olvidar, pues, todas mis estúpidas deducciones acerca del teléfono, la carta, la estancia, Hunter.

*Pero no pude.*


XIV


Los días siguientes fueron agitados. En mi precipitación no había preguntado cuándo volvería María de la estancia; el mismo día de mi visita volví a hablar por teléfono para averiguarlo; la mucama me dijo que no sabía nada; entonces le pedí la dirección de la estancia.

Esa misma noche escribí una carta desesperada, preguntándole la fecha de su regreso y pidiéndole que me hablara por teléfono en cuanto llegase a Buenos Aires o que me escribiese. Fui hasta el Correo Central y la hice certificar, para disminuir al mínimo los riesgos.

Como decía, pasé unos días muy agitados y mil veces volvieron a mi cabeza las ideas oscuras que me atormentaban después de la visita a la calle Posadas. Tuve este sueño: visitaba de·noche una vieja casa solitaria. Era una casa en cierto modo conocida e infinitamente ansiada por mí desde la infancia, de manera que al entrar en ella me guiaban algunos recuerdos. Pero a veces me encontraba perdido en la oscuridad o tenía la impresión de enemigos escondidos que podían asaltarme por detrás o de gentes que cuchicheaban y se burlaban de mí, de mi ingenuidad. ¿Quiénes eran esas gentes y qué querían? Y sin embargo, y a pesar de todo, sentía que en esa casa renacían en mí los antiguos amores de la adolescencia, con los mismos temblores y esa sensación de suave locura, de temor y de alegría. Cuando me desperté, comprendí que la casa del sueño era María.

## XV

En los días que precedieron a la llegada de su carta, mi pensamiento era como un explorador perdido en un paisaje neblinoso: acá y allá, con gran esfuerzo, lograba vislumbrar vagas siluetas de hombres y cosas, indecisos perfiles de peligros y abismos. La llegada de la carta fue como la salida del sol.

*Pero este sol era un sol negro,* un sol nocturno. No sé si se puede decir esto, pero aunque no soy escritor y aunque no estoy seguro de mi precisión, no retiraría la palabra nocturno; esta palabra era, quizá, la más apropiada para María, entre todas las que forman nuestro imperfecto lenguaje.

Esta es la carta que me envió:

*He pasado tres días extraños: el mar, la playa, los caminos me fueron trayendo recuerdos de otros tiempos. No sólo imágenes: también voces, gritos y largos silencios de otros días. Es curioso, pero vivir consiste en construir futuros recuerdos; ahora mismo, aquí frente al mar, sé que estoy preparando recuerdos minuciosos, que alguna vez me traerán la melancolía y la desesperanza.*

*El mar está ahí, permanente y rabioso. Mi llanto de*

*entonces, inútil; también inútiles mis esperas en la playa*
*solitaria, mirando tenazmente al mar. ¿Has adivinado y*
*pintado este recuerdo mío o has pintado el recuerdo de*
*muchos seres como vos [20] y yo?*

*Pero ahora tu figura se interpone: estás entre el mar*
*y yo. Mis ojos encuentran tus ojos. Estás quieto y un*
*poco desconsolado, me mirás como pidiendo ayuda.*

María

¡Cuánto la comprendía y qué maravillosos sentimientos
crecieron en mí con esta carta! Hasta el hecho de tutearme [21] de pronto me dio una certeza de que María era
mía. Y solamente mía: «estás entre el mar y yo»; allí no
existía otro, estábamos solos nosotros dos, como lo intuí
desde el momento en que ella miró la escena de la ventana. En verdad, ¿cómo podía no tutearme si nos co-
nocíamos desde siempre, desde mil años atrás? Si cuando
ella se detuvo frente a mi cuadro y miró aquella pequeña
escena sin oír ni ver la multitud que nos rodeaba, ya
era como si nos hubiésemos tuteado y en seguida supe
cómo era y quién era, cómo yo la necesitaba y cómo, también, yo le era necesario.

¡Ah, y sin embargo te maté! ¡Y he sido yo quien te
ha matado, yo, que veía como a través de un muro de
vidrio, sin poder tocarlo, tu rostro mudo y ansioso! ¡Yo,
tan estúpido, tan ciego, tan egoísta, tan cruel!

Basta de efusiones. Dije que relataría esta historia en
forma escueta y así lo haré.

---

[20] A lo largo de la novela se encontrará frecuentemente el
fenómeno del voseo, es decir, la sustitución del pronombre personal de segunda persona *tú* por *vos*. Es rasgo propio del habla
popular de la mayor parte de Hispanoamérica. En el habla de
Argentina en el verbo correspondiente en presente se emplean —y
pueden observarse con profusión en esta obra— las formas arcaicas
en que falta la i de los diptongos. Así, en el capítulo XVI se
encuentran *equivocás* (1.º conj.) *hacés* (2.º conj.). (Para el empleo
del voseo cfr. Alonso Zamora Vicente, *Dialectología española*,
2.ª ed. Madrid, Gredos, 1967, págs. 400-410.)
[21] *tutearme:* en Argentina equivale a tratarse de *vos*, no de
*usted*.

## XVI

Amaba desesperadamente a María y no obstante la palabra *amor* no se había pronunciado entre nosotros. Esperé con ansiedad su retorno de la estancia para decírsela.

Pero ella no volvía. A medida que fueron pasando los días, creció en mí una especie de locura. Le escribí una segunda carta que simplemente decía: «¡Te quiero, María, te quiero, te quiero!»

A los dos días recibí, por fin, una respuesta que decía estas únicas palabras: «Tengo miedo de hacerte mucho mal.» Le contesté en el mismo instante: «No me importa lo que puedas hacerme. Si no pudiera amarte me moriría. Cada segundo que paso sin verte es una interminable tortura.»

Pasaron días atroces, pero la contestación de María no llegó. Desesperado, escribí: «Estás pisoteando este amor.»

Al otro día, por teléfono, oí su voz, remota y temblorosa. Excepto la palabra *María,* pronunciada repetidamente, no atiné a decir nada, ni tampoco me habría sido posible: mi garganta estaba contraída de tal modo que no podía hablar distintamente. Ella me dijo:

—Vuelvo mañana a Buenos Aires. Te hablaré apenas llegue.

Al otro día, a la tarde, me habló desde su casa.

—Te quiero ver en seguida —dije.

—Sí, nos veremos hoy mismo —respondió.

—Te espero en la plaza San Martín —le dije.

María pareció vacilar. Luego respondió:

—Preferiría en la Recoleta. Estaré a las ocho.

¡Cómo esperé aquel momento, cómo caminé sin rumbo por las calles para que el tiempo pasara más rápido! ¡Qué ternura sentía en mi alma, qué hermosos me parecían el mundo, la tarde de verano, los chicos que jugaban en la vereda! Pienso ahora hasta qué punto el amor enceguece y qué mágico poder de transformación tiene. ¡La hermosura del mundo! ¡Si es' para morirse de risa!

Habían pasado pocos minutos de las ocho cuando vi a María que se acercaba, buscándome en la oscuridad. Era ya muy tarde para ver su cara, pero reconocí su manera de caminar.

Nos sentamos. Le apreté un brazo y repetí su nombre insensatamente, muchas veces; no acertaba a decir otra cosa, mientras ella permanecía en silencio.

—¿Por qué te fuiste a la estancia? —pregunté por fin, con violencia—. ¿Por qué me dejaste solo? ¿Por qué dejaste esa carta en tu casa? ¿Por qué no me dijiste que eras casada?

Ella no respondía. Le estrujé el brazo. Gimió.

—Me hacés mal, Juan Pablo —dijo suavemente.

—¿Por qué no me decís nada? ¿Por qué no respondés? No decía nada.

—¿Por qué? ¿Por qué?

Por fin respondió:

¿Por qué todo ha de tener respuesta? No hablemos de mí: hablemos de vos, de tus trabajos, de tus preocupaciones. Pensé constantemente en tu pintura, en lo que me dijiste en la plaza San Martín. Quiero saber qué hacés ahora, qué pensás, si has pintado o no.

Le volví a estrujar el brazo con rabia.

—No —le respondí—. No es de mí que deseo hablar: deseo hablar de nosotros dos, necesito saber si me querés. Nada más que eso: saber si me querés.

No respondió. Desesperado por el silencio y por la oscuridad que no me permitía adivinar sus pensamientos a través de sus ojos, encendí un fósforo. Ella dio vuelta rápidamente la cara, escondiéndola. Le tomé la cara con mi otra mano y la obligué a mirarme: estaba llorando silenciosamente.

—Ah... entonces no me querés —dije con amargura.

Mientras el fósforo se apagaba vi, sin embargo, cómo me miraba con ternura. Luego, ya en plena oscuridad, sentí que su mano acariciaba mi cabeza. Me dijo suavemente:

—Claro que te quiero... ¿por qué hay que decir ciertas cosas?

—Sí —le respondí—, ¿pero cómo me querés? Hay muchas maneras de querer. Se puede querer a un perro, a un chico. Yo quiero decir *amor, verdadero amor, ¿entendés?*

Tuve una rara intuición: encendí rápidamente otro fósforo. Tal como lo había intuido, el rostro de María sonreía. Es decir, ya no sonreía, pero había estado sonriendo un décimo de segundo antes. Me ha sucedido a veces darme vuelta de pronto con la sensación de que me espiaban, no encontrar a nadie y, sin embargo, sentir que la soledad que me rodeaba era reciente y que algo fugaz había desaparecido, como si un leve temblor quedara vibrando en el ambiente. Era algo así.

—Has estado sonriendo —dije con rabia.

—¿Sonriendo? —preguntó asombrada.

—Sí, sonriendo: a mí no se me engaña tan fácilmente. Me fijo mucho en los detalles.

—¿En qué detalles te has fijado? —preguntó.

—Quedaba algo en tu cara. Rastros de una sonrisa.

—¿Y de qué podía sonreír? —volvió a decir con dureza.

—De mi ingenuidad, de mi pregunta si me querías verdaderamente o como a un chico, qué sé yo... Pero habías estado sonriendo. De eso no tengo ninguna duda.

María se levantó de golpe.

—¿Qué pasa? —pregunté asombrado.

—Me voy —repuso secamente.

Me levanté como un resorte.

—¿Cómo, que te vas?

—Sí, me voy.

—¿Cómo, que te vas? ¿Por qué?

No respondió. Casi la sacudí con los dos brazos.

—¿Por qué te vas?

—Temo que tampoco vos me entiendas.

Me dio rabia.

—¿Cómo? Te pregunto algo que para mí es cosa de vida o muerte, en vez de responderme sonreís y además te enojás. Claro que es para no entenderte.

—Imaginás que he sonreído —comentó con sequedad.

—Estoy seguro.

—Pues te equivocás. Y me duele infinitamente que hayas pensado eso.

No sabía qué pensar. En rigor, yo no había visto la sonrisa sino algo así como un rastro en una cara ya seria.

—No sé, María, perdoname —dije abatido—. Pero tuve la seguridad de que habías sonreído.

Me quedé en silencio; estaba muy abatido. Al rato sentí que su mano tomaba mi brazo con ternura. Oí en seguida su voz, ahora débil y dolorida:

—¿Pero cómo pudiste pensarlo?

—No sé, no sé —repuse casi llorando.

Me hizo sentar nuevamente y me acarició la cabeza como lo había hecho al comienzo.

—Te advertí que te haría mucho mal —me dijo al cabo de unos instantes de silencio—. Ya ves como tenía razón.

—Ha sido culpa mía —respondí.

—No, quizá ha sido culpa mía —comentó pensativamente, como si hablase consigo misma.

«Qué extraño», pensé.

—¿Qué es lo extraño? —preguntó María.

Me quedé asombrado y hasta pensé (muchos días después) que era capaz de leer los pensamientos. Hoy mismo no estoy seguro de que yo haya dicho aquellas palabras en voz alta, sin darme cuenta.

—¿Qué es lo extraño? —volvió a preguntarme, porque yo, en mi asombro, no había respondido.

—Qué extraño lo de tu edad.

—¿De mi edad?

—Sí, de tu edad. ¿Qué edad tenés?

Rió.

—¿Qué edad creés que tengo?

—Eso es precisamente lo extraño —respondí—. La primera vez que te vi me pareciste una muchacha de unos veintiséis años.

—¿Y ahora?

—No, no. Ya al comienzo estaba perplejo, porque algo no físico me hacía pensar...

—¿Qué te hacía pensar?

—Me hacía pensar en muchos años. A veces siento como si yo fuera un niño a tu lado.

—¿Qué edad tenés vos?

—Treinta y ocho años.

—Sos muy joven, realmente.

Me quedé perplejo. No porque creyera que mi edad fuese excesiva sino porque, a pesar de todo, yo debía de tener muchos más años que ella; porque, de cualquier modo, no era posible que tuviese más de veintiséis años.

—Muy joven —repitió, adivinando quizá mi asombro.

—Y vos, ¿qué edad tenés? —insistí.

—¿Qué importancia tiene eso? —respondió seriamente.

—¿Y por qué has preguntado mi edad? —dije, casi irritado.

—Esta conversación es absurda —replicó—. Todo esto es una tontería. Me asombra que te preocupés de cosas así.

¿Yo preocupándome de cosas así? ¿Nosotros teniendo semejante conversación? En verdad ¿cómo podía pasar todo eso? Estaba tan perplejo que había olvidado la causa de la pregunta inicial. No, mejor dicho, no había *investigado* la causa de la pregunta inicial. Sólo en mi casa, horas después, llegué a darme cuenta del significado profundo de esta conversación aparentemente tan trivial.


XVII


Durante más de un mes nos vimos casi todos los días. No quiero rememorar en detalle todo lo que sucedió en ese tiempo a la vez maravilloso y horrible. Hubo demasiadas cosas tristes para que desee rehacerlas en el recuerdo.

María comenzó a venir al taller. La escena de los fósforos, con pequeñas variaciones, se había reproducido dos o tres veces y yo vivía obsesionado con la idea de que su amor era, en el mejor de los casos, amor de madre o de hermana. De modo que la unión física se me aparecía como una garantía de verdadero amor.

Diré desde ahora que esa idea fue una de las tantas ingenuidades mías, una de esas ingenuidades que seguramente hacían sonreír a María a mis espaldas. Lejos de tranquilizarme, el amor físico me perturbó más, trajo nuevas y torturantes dudas, dolorosas escenas de incomprensión, crueles experimentos con María. Las horas que pasamos en el taller son horas que nunca olvidaré. Mis sentimientos, durante todo ese período, oscilaron entre el amor más puro y el odio más desenfrenado, ante las contradicciones y las inexplicables actitudes de María; de pronto me acometía la duda de que todo era fingido. Por momentos parecía una adolescente púdica y de pronto se me ocurría que era una mujer cualquiera, y entonces un largo cortejo de dudas desfilaba por mi mente: ¿dónde? ¿cómo? ¿quiénes? ¿cuándo?

En tales ocasiones, no podía evitar la idea de que María representaba la más sutil y atroz de las comedias y de que yo era, entre sus manos, como un ingenuo chiquillo al que se engaña con cuentos fáciles para que coma o duerma. A veces me acometía un frenético pudor, corría a vestirme y luego me lanzaba a la calle, a tomar fresco y a rumiar mis dudas y aprensiones. Otros días, en cambio, mi reacción era positiva y brutal: me echaba sobre ella, le agarraba los brazos como con tenazas, se los retorcía y le clavaba la mirada en sus ojos, tratando de forzarle garantías de amor, de *verdadero* amor.

Pero nada de todo esto es exactamente lo que quiero decir. Debo confesar que yo mismo no sé lo que quiero decir con eso del «amor verdadero», y lo curioso es que, aunque empleé muchas veces esa expresión en los interrogatorios, nunca hasta hoy me puse a analizar a fondo su sentido. ¿Qué quería decir? ¿Un amor que incluyera la pasión física? Quizá la buscaba en mi desesperación de comunicarme más firmemente con María. Yo tenía la certeza de que, en ciertas ocasiones, lográbamos comunicarnos, pero en forma tan sutil, tan pasajera, tan tenue, que luego quedaba más desesperadamente solo que antes, con esa imprecisa insatisfacción que experimentamos al querer reconstruir ciertos amores de un sueño. Sé que, de pronto, lográbamos algunos momentos de comunión. Y el estar juntos atenuaba la melancolía que siempre acompaña a esas sensaciones, seguramente causada por la esencial incomunicabilidad de esas fugaces bellezas. Bastaba que nos miráramos para saber que estábamos pensando o, mejor dicho, sintiendo lo mismo.

Claro que pagábamos cruelmente esos instantes, porque todo lo que sucedía después parecía grosero o torpe. Cualquier cosa que hiciéramos (hablar, tomar café) era doloroso, pues señalaba hasta qué punto eran fugaces esos instantes de comunidad. Y, lo que era mucho peor, causaban nuevos distanciamientos porque yo la forzaba, en la desesperación de consolidar de algún modo esa fusión, a unirnos corporalmente; sólo lográbamos confirmar la imposibilidad de prolongarla o consolidarla mediante un acto material. Pero ella agravaba las cosas porque, quizá en su deseo de borrarme esa idea fija, aparentaba sentir un verdadero y casi increíble placer; y entonces venían las escenas de vestirme rápidamente y huir a la calle, o de apretarle brutalmente los brazos y querer forzarle confesiones sobre la veracidad de sus sentimientos y sensaciones. Y todo era tan atroz que cuando ella intuía que nos acercábamos al amor físico, trataba de rehuirlo. Al final había llegado a un completo escepticismo y trataba de hacerme comprender que no solamente era inútil para nuestro amor sino hasta pernicioso.

Con esta actitud sólo lograba aumentar mis dudas acerca de la naturaleza de su amor, puesto que yo me preguntaba si ella no habría estado haciendo la comedia y entonces poder ella argüir que el vínculo físico era pernicioso y de ese modo evitarlo en el futuro; siendo la verdad que lo detestaba desde el comienzo y, por lo tanto, que era fingido su placer. Naturalmente, sobrevenían otras peleas y era inútil que ella tratara de convencerme: sólo conseguía enloquecerme con nuevas y más sutiles dudas, y así recomenzaban nuevos y más complicados interrogatorios.

Lo que más me indignaba, ante el hipotético engaño,

era el haberme entregado a ella completamente indefenso, como una criatura.

—Si alguna vez sospecho que me has engañado —le decía con rabia— te mataré como a un perro.

Le retorcía los brazos y la miraba fijamente en los ojos, por si podía advertir algún indicio, algún brillo sospechoso, algún fugaz destello de ironía. Pero en esas ocasiones me miraba asustada como un niño, o tristemente, con resignación, mientras comenzaba a vestirse en silencio.

Un día la discusión fue más violenta que de costumbre y llegué a gritarle puta. María quedó muda y paralizada. Luego, lentamente, en silencio, fue a vestirse detrás del biombo de las modelos; y cuando yo, después de luchar entre mi odio y mi arrepentimiento, corrí a pedirle perdón, vi que su rostro estaba empapado en lágrimas. No supe qué hacer: la besé tiernamente en los ojos, le pedí perdón con humildad, lloré ante ella, me acusé de ser un monstruo cruel, injusto y vengativo. Y eso duró mientras ella mostró algún resto de desconsuelo, pero apenas se calmó y comenzó a sonreír con felicidad, empezó a parecerme poco natural que ella no siguiera triste: podía tranquilizarse, pero era sumamente sospechoso que se entregase a la alegría después de haberle gritado una palabra semejante y comenzó a parecerme que cualquier mujer debe sentirse humillada al ser calificada así, hasta las propias prostitutas, pero ninguna mujer podría volver tan pronto a la alegría, *a menos de haber cierta verdad en aquella calificación*.

Escenas semejantes se repetían casi todos los días. A veces terminaban en una calma relativa y salíamos a caminar por la Plaza Francia [22] como dos adolescentes enamorados. Pero esos momentos de ternura se fueron haciendo más raros y cortos, como inestables momentos de sol en un cielo cada vez más tempestuoso y sombrío. Mis dudas y mis interrogatorios fueron envolviéndolo todo, como una liana que fuera enredando y ahogando los árboles de un parque en una monstruosa trama.

---

[22] *Plaza Francia:* plaza cercana al cementerio de la Recoleta.

# XVIII

Mis interrogatorios, cada día más frecuentes y retorcidos, eran a propósito de sus silencios, sus miradas, sus palabras perdidas, algún viaje a la estancia, sus amores. Una vez le pregunté por qué se hacía llamar «señorita Iribarne», en vez de «señora de Allende». Sonrió y me dijo:

—¡Qué niño sos! ¿Qué importancia puede tener eso?

—Para mí tiene mucha importancia —respondí examinando sus ojos.

—Es una costumbre de familia —me respondió, abandonando la sonrisa.

—Sin embargo —aduje—, la primera vez que hablé a tu casa y pregunté por la «señorita Iribarne» la mucama vaciló un instante antes de responderme.

—Te habrá parecido.

—Puede ser. Pero ¿por qué no me corrigió?

María volvió a sonreír, esta vez con mayor intensidad.

—Te acabo de explicar —dijo— que es costumbre nuestra, de manera que la mucama también lo sabe. Todos me llaman María Iribarne.

—María Iribarne me parece natural, pero menos natural me parece que la mucama se extrañe tan poco cuando te llaman «señorita».

—Ah... no me di cuenta de que era eso lo que te sorprendía. Bueno, no es lo acostumbrado y quizá eso explica la vacilación de la mucama.

Se quedó pensativa, como si por primera vez advirtiese el problema.

—Y, sin embargo, no me corrigió —insistí.

—¿Quién? —preguntó ella, como volviendo a la conciencia.

—La mucama. No me corrigió lo de señorita.

—Pero, Juan Pablo, todo eso no tiene absolutamente ninguna importancia y no sé qué querés demostrar.

—Quiero demostrar que probablemente no era la primera vez que se te llamaba señorita. La primera vez la mucama habría corregido.

María se echó a reír.

—Sos completamente fantástico —dijo casi con alegría, acariciándome con ternura.

Permanecí serio.

—Además —proseguí—, cuando me atendiste por primera vez tu voz era neutra, casi oficinesca, hasta que cerraste la puerta. Luego seguiste hablando con voz tierna. ¿Por qué ese cambio?

—Pero, Juan Pablo —respondió, poniéndose seria—, ¿cómo podía hablarte así delante de la mucama?

—Sí, eso es razonable; pero dijiste: «cuando cierro la puerta saben que no deben molestarme». Esa frase no podía referirse a mí, puesto que era la primera vez que te hablaba. Tampoco se podía referir a Hunter, puesto que lo podés ver cuantas veces quieras en la estancia Me parece evidente que debe de haber otras personas que te hablan o que te hablaban. ¿No es así?

María me miró con tristeza.

—En vez de mirarme con tristeza podrías contestar —comenté con irritación.

—Pero, Juan Pablo, todo lo que estás diciendo es una puerilidad. Claro que hablan otras personas: primos, amigos de la familia, mi madre, qué sé yo...

—Pero me parece que para conversaciones de ese tipo no hay necesidad de esconderse.

—¡Y quién te autoriza a decir que yo me escondo! —respondió con violencia.

—No te excites. Vos misma me has hablado en una oportunidad de un tal Richard, que no era ni primo, ni amigo de la familia, ni tu madre.

María quedó muy abatida.

—Pobre Richard —comentó dulcemente.

—¿Por qué pobre?

—Sabés bien que se suicidó y que en cierto modo yo tengo algo de culpa. Me escribía cartas terribles, pero nunca pude hacer nada por él. Pobre, pobre Richard.

—Me gustaría que me mostrases alguna de esas cartas.

—¿Para qué, si ya ha muerto?

—No importa, me gustaría lo mismo.

—Las quemé todas.

—Podías haber dicho de entrada que las habías quemado. En cambio me dijiste «¿para qué, si ya ha muerto?» Siempre lo mismo. Además ¿Por qué las quemaste, si es que verdaderamente lo has hecho? La otra vez me confesaste que guardás todas tus cartas de amor. Las cartas de ese Richard debían de ser muy comprometedoras para que hayas hecho eso. ¿O no?

—No las quemé porque fueran comprometedoras, sino porque eran tristes. Me deprimían.

—¿Por qué te deprimían?

—No sé... Richard era un hombre depresivo. Se parecía mucho a vos.

—¿Estuviste enamorada de él?

—Por favor...

—¿Por favor qué?

—Pero no, Juan Pablo. Tenés cada idea...

—No veo que sea descabellada. Se enamora, te escribe cartas tan tremendas que juzgás mejor quemarlas, se suicida y pensás que mi idea es descabellada. ¿Por qué?

—Porque a pesar de todo nunca estuve enamorada de él.

—¿Por qué no?

—No sé, verdaderamente. Quizá porque no era mi tipo.

—Dijiste que se parecía a mí.

—Por Dios, quise decir que se parecía a vos en cierto sentido, pero no que fuera *idéntico*. Era un hombre incapaz de crear nada, era destructivo, tenía una inteligencia mortal, era un nihilista. Algo así como tu parte negativa.

—Está bien. Pero sigo sin comprender la necesidad de quemar las cartas.

—Te repito que las quemé porque me deprimían.

—Pero podías tenerlas guardadas sin leerlas. Eso sólo prueba que las releíste hasta quemarlas. Y si las releías sería por algo, por algo que debería atraerte en él.

—Yo no he dicho que no me atrajese.

—Dijiste que no era tu tipo.

—Dios mío, Dios mío. La muerte tampoco es mi tipo y no obstante muchas veces me atrae. Richard me atraía casi como me atrae la muerte o la nada. Pero creo que uno no debe entregarse pasivamente a esos sentimientos. Por eso tal vez no lo quise. Por eso quemé sus cartas. Cuando murió, decidí destruir todo lo que prolongaba su existencia.

Quedó deprimida y no pude lograr una palabra más acerca de Richard. Pero debo agregar que no era ese hombre el que más me torturó, porque al fin y al cabo de él llegué a saber bastante. Eran las personas desconocidas, las sombras que jamás mencionó y que, sin embargo, yo sentía moverse silenciosa y oscuramente en su vida. Las peores cosas de María las imaginaba precisamente con esas sombras anónimas. Me torturaba y aún hoy me tortura una palabra que se escapó de sus labios en un momento de placer físico.

Pero de todos aquellos complejos interrogatorios, hubo uno que echó tremenda luz acerca de María y su amor

## XIX

Naturalmente, puesto que se había casado con Allende, era lógico pensar que alguna vez debió sentir algo por ese hombre. Debo decir que este problema, que podríamos llamar «el problema Allende», fue uno de los que más me obsesionaron. Eran varios los enigmas que quería dilucidar, pero sobre todo estos dos: ¿lo había querido en alguna oportunidad?, ¿lo quería todavía? Estas dos preguntas no se podían tomar en forma aislada: estaban vinculadas a otras: si no quería a Allende, ¿a quién quería? ¿A mí? ¿A Hunter? ¿A alguno de esos misteriosos personajes del teléfono? ¿O bien era posible que quisiera a distintos seres de manera diferente, como pasa en ciertos hombres? Pero también *era posible que no quisiera a nadie* y que sucesivamente nos dijese a cada uno de nosotros, pobres diablos, chiquilines, que éramos *el único* y que los demás eran simples sombras, seres con quienes mantenía una relación superficial o aparente.

Un día decidí aclarar el problema Allende. Comencé preguntándole por qué se había casado con él.

—Lo quería —me respondió.

—Entonces ahora no lo querés.

—Yo no he dicho que haya dejado de quererlo —respondió.

—Dijiste «lo quería». No dijiste «lo quiero».

—Hacés siempre cuestiones de palabras y retorcés todo hasta lo increíble —protestó María—. Cuando dije que me había casado porque lo quería no quise decir que ahora no lo quiera.

—Ah, entonces lo querés a él —dije rápidamente, como queriendo encontrarla en falta respecto a declaraciones hechas en interrogatorios anteriores.

Calló. Parecía abatida.

—¿Por qué no respondés? —pregunté.

—Porque me parece inútil. Este diálogo lo hemos tenido muchas veces en forma casi idéntica.

—No, no es lo mismo que otras veces. Te he preguntado si ahora lo querés a Allende y me has dicho que sí. Me parece recordar que en otra oportunidad, en el puerto, me dijiste que yo era la primera persona que habías querido.

María volvió a quedar callada. Me irritaba en ella que no solamente era contradictoria sino que costaba un enorme esfuerzo sacarle una declaración cualquiera.

—¿Qué contestás a eso? —volví a interrogar.

—Hay muchas maneras de amar y de querer —respondió, cansada—. Te imaginarás que ahora no puedo seguir queriendo a Allende como hace años, cuando nos casamos, de la misma manera.

—¿De qué manera?

—¿Cómo, de qué manera? Sabés lo que quiero decir.

—No sé nada.

—Te lo he dicho muchas veces.

—Lo has dicho, pero no lo has explicado nunca.

—¡Explicado! —exclamó con amargura—. Vos has dicho mil veces que hay muchas cosas que no admiten explicación y ahora me decís que explique algo tan complejo. Te he dicho mil veces que Allende es un gran compañero mío, que lo quiero como a un hermano, que lo cuido, que tengo una gran ternura por él, una gran admiración por la serenidad de su espíritu, que me parece muy superior a mí en todo sentido, que a su lado me siento un ser mezquino y culpable. ¿Cómo podés imaginar, pues, que no lo quiera?

—No soy yo el que ha dicho que no lo quieras. Vos misma me has dicho que ahora no es como cuando te casaste. Quizá debo concluir que cuando te casaste lo querías como decís que ahora me querés a mí. Por otro lado, hace unos días, en el puerto, me dijiste que yo era la primera persona a la que habías querido verdaderamente.

María me miró tristemente.

—Bueno, dejemos de lado esta contradicción —proseguí—. Pero volvamos a Allende. Decís que lo querés como a un hermano. Ahora necesito que me respondás a una sola pregunta: ¿te acostás con él?

María me miró con mayor tristeza. Estuvo un rato callada y al cabo me preguntó con voz muy dolorida:

—¿Es necesario que responda también a eso?

—Sí, es absolutamente necesario— le dije con dureza.

—Me parece horrible que me interrogués de este modo.

—Es muy sencillo: tenés que decir *sí* o *no*.

—La respuesta no es tan simple: se puede hacer y no hacer.

—Muy bien —concluí fríamente—. Eso quiere decir que sí.

—Muy bien: sí.

—Entonces lo deseás.

Hice esta afirmación mirando cuidadosamente sus ojos; la hacía con mala intención; era óptima para sacar una serie de conclusiones. No es que yo creyera que lo deseara realmente (aunque también eso era posible dado el temperamento de María), sino que quería forzarle a aclarar eso de «cariño de hermano». María, tal como yo lo esperaba, tardó en responder. Seguramente, estuvo pensando las palabras. Al fin dijo:

—He dicho que me acuesto con él, no que lo desee.

—¡Ah! —exclamé triunfante—. ¡Eso quiere decir que

115

lo haces sin desearlo pero *haciéndole creer que lo deseás!*

María quedó demudada. Por su rostro comenzaron a caer lágrimas silenciosas. Su mirada era como de vidrio triturado.

—Yo no he dicho eso —murmuró lentamente.

—Porque es evidente —proseguí implacable— que si demostrases no sentir nada, no desearlo, ni demostrases que la unión física es un sacrificio que hacés en honor a su cariño, a tu admiración por su espíritu superior, etcétera, Allende no volvería a acostarse jamás con vos. En otras palabras: el hecho de que siga haciéndolo demuestra que sos capaz de engañarlo no sólo acerca de tus sentimientos sino hasta de tus sensaciones. Y que sos capaz de una imitación perfecta del placer.

María lloraba en silencio y miraba hacia el suelo.

—Sos increíblemente cruel —pudo decir, al fin.

—Dejemos de lado las consideraciones de formas: me interesa el fondo. El fondo es que sos capaz de engañar a tu marido durante años, no sólo acerca de tus sentimientos sino también de tus sensaciones. La conclusión podría inferirla un aprendiz: ¿por qué no has de engañarme a mí también? Ahora comprenderás por qué muchas veces te he indagado la veracidad de tus sensaciones. Siempre recuerdo cómo el padre de Desdémona advirtió a Otelo [23] que una mujer que había engañado al padre podía engañar a otro hombre. Y a mí nada me ha podido sacar de la cabeza este hecho: el que has estado engañando constantemente a Allende, durante años.

Por un instante, sentí el deseo de llevar la crueldad hasta el máximo y agregué, aunque me daba cuenta de su vulgaridad y torpeza:

—Engañando a un ciego.

---

[23] *Desdémona y Otelo:* personajes de la tragedia *Otelo* de Shakespeare. Otelo, moro al servicio de Venecia, estrangula a su esposa Desdémona en un momento de cólera motivada por los celos.

## XX

Ya antes de decir esta frase estaba un poco arrepentido: debajo del que quería decirla y experimentar una perversa satisfacción, un ser más puro y más tierno se disponía a tomar la iniciativa en cuanto la crueldad de la frase hiciese su efecto y, en cierto modo, ya silenciosamente, había tomado el partido de María antes de pronunciar esas palabras estúpidas e inútiles (¿qué podía lograr, en efecto, con ellas?). De manera que, apenas comenzaron a salir de mis labios, ya ese ser de abajo las oía con estupor, como si a pesar de todo no hubiera creído seriamente en la posibilidad de que el otro las pronunciase. Y a medida que salieron, comenzó a tomar el mando de mi conciencia y de mi voluntad y casi llega su decisión a tiempo para impedir que la frase saliera completa. Apenas terminada (porque a pesar de todo terminé la frase), era totalmente dueño de mí y ya ordenaba pedir perdón, humillarme delante de María, reconocer mi torpeza y mi crueldad. ¡Cuántas veces esta maldita división de mi conciencia ha sido la culpable de hechos atroces! Mientras una parte me lleva a tomar una hermosa actitud, la otra denuncia el fraude, la hipocresía y la falsa generosidad; mientras una me lleva a insultar a un ser humano, la otra se conduele de él y me acusa a mí mismo de lo que denuncio en los otros; mientras una me hace ver la belleza del mundo, la otra me señala su fealdad y la ridiculez de todo sentimiento de felicidad. En fin, ya era tarde, de todos modos, para cerrar la herida abierta en el alma de María (y esto me lo aseguraba sordamente, con remota, satisfecha malevolencia el otro yo que ahora estaba hundido allá, en una especie de inmunda cueva), ya era irremediablemente tarde. María se incorporó en silencio, con infinito cansancio, mientras su mirada (¡cómo la conocía!) levantaba el puente levadizo que a veces tendía entre nuestros espíritus: ya era la mirada dura de unos ojos impenetrables. De pronto me acometió la idea de que ese puente se había levantado para siempre y en la repentina desesperación no vacilé en someterme a las humillaciones más grandes: besar sus pies, por ejemplo. Sólo logré que me mirara con piedad y que sus ojos se ablandasen por un instante. Pero de piedad, sólo de piedad.

Mientras salía del taller y me aseguraba, una vez más, que no me guardaba rencor, yo me hundí en una aniquilación total de la voluntad. Quedé sin atinar a nada, en medio del taller, mirando como un alelado un punto fijo. Hasta que, de pronto, tuve conciencia de que debía hacer una serie de cosas.

Corrí a la calle, pero María ya no se veía por ningún lado. Corrí a su casa en un taxi, porque supuse que ella no iría directamente y, por lo tanto, esperaba encontrarla a su llegada. Esperé en vano durante más de una hora. Hablé por teléfono desde un café: me dijeron que no estaba y que no había vuelto desde las cuatro (la hora en que había salido para mi taller). Esperé varias horas más. Luego volví a hablar por teléfono: me dijeron que María no iría a la casa hasta la noche.

Desesperado, salí a buscarla por todas partes, es decir, por los lugares en que habitualmente nos encontrábamos o caminábamos: la Recoleta, la Avenida Centenario [24], la Plaza Francia, Puerto Nuevo. No la vi por ningún lado, hasta que comprendí que lo más probable era, precisamente, que caminara por cualquier parte menos por los lugares que le recordasen nuestros mejores momentos. Corrí de nuevo hasta su casa, pero era muy tarde y probablemente ya hubiera entrado. Telefoneé nuevamente: en efecto, había vuelto; pero me dijeron que estaba en cama y que le era imposible atender el teléfono. Había dado mi nombre, sin embargo.

Algo se había roto entre nosotros.

---

[24] *Avenida Centenario:* avenida que nace fuera del radio céntrico de Buenos Aires y que se prolonga por varias localidades suburbanas.

# XXI

Volví a casa con la sensación de una absoluta soledad.

Generalmente, esa sensación de estar solo en el mundo aparece mezclada a un orgulloso sentimiento de superioridad: desprecio a los hombres, los veo sucios, feos, incapaces, ávidos, groseros, mezquinos; mi soledad no me asusta, es casi olímpica.

Pero en aquel momento, como en otros semejantes, me encontraba solo como consecuencia de mis peores atributos, de mis bajas acciones. En esos casos siento que el mundo es despreciable, pero comprendo que yo también formo parte de él; en esos instantes me invade una furia de aniquilación, me dejo acariciar por la tentación del suicidio, me emborracho, busco a las prostitutas. Y siento cierta satisfacción en probar mi propia bajeza y en verificar que no soy mejor que los sucios monstruos que me rodean.

Esa noche me emborraché en un cafetín del bajo [25]. Estaba en lo peor de mi borrachera cuando sentí tanto asco de la mujer que estaba conmigo y de los marineros que me rodeaban que salí corriendo a la calle. Caminé por Viamonte [26] y descendí hasta los muelles. Me senté por ahí y lloré. El agua sucia, abajo, me tentaba constantemente: ¿para qué sufrir? El suicidio seduce por su facilidad de aniquilación: en un segundo, todo este absurdo universo se derrumba como un gigantesco simulacro, como si la solidez de sus rascacielos, de sus acorazados, de sus tanques, de sus prisiones no fuera más que una fantasmagoría, sin más solidez que los rascacielos, acorazados, tanques y prisiones de una pesadilla.

La vida aparece a la luz de este razonamiento como

---

[25] *Cafetín del bajo:* la zona del bajo, cercana al puerto de Buenos Aires, se caracteriza por sus cafetines y cabarets llenos de personajes pintorescos y de dudosa moral.

[26] *Viamonte:* calle que nace en la zona del bajo.

una larga pesadilla, de la que, sin embargo, uno puede liberarse con la muerte, que sería, así, una especie de despertar. ¿Pero despertar a qué? Esa irresolución de arrojarse a la nada absoluta y eterna me ha detenido en todos los proyectos de suicidio. A pesar de todo, el hombre tiene tanto apego a lo que existe, que prefiere finalmente soportar su imperfección y el dolor que causa su fealdad, antes que aniquilar la fantasmagoría con un acto de propia voluntad. Y suele resultar, también, que cuando hemos llegado hasta ese borde de la desesperación que precede al suicidio, por haber agotado el inventario de todo lo que es malo y haber llegado al punto en que el mal es insuperable, cualquier elemento bueno, por pequeño que sea, adquiere un desproporcionado valor, termina por hacerse decisivo y nos aferramos a él como nos agarraríamos desesperadamente de cualquier hierba ante el peligro de rodar en un abismo.

Era casi de madrugada cuando decidí volver a casa. No recuerdo cómo, pero a pesar de esa decisión (que recuerdo perfectamente), me encontré de pronto frente a la casa de Allende. Lo curioso es que no recuerdo los hechos intermedios. Me veo sentado en los muelles, mirando el agua sucia y pensando: «Ahora tengo que acostarme» y luego me veo frente a la casa de Allende, observando el quinto piso. ¿Para qué miraría? Era absurdo imaginar que a esas horas pudiera verla de algún modo. Estuve largo rato, estupefacto, hasta que se me ocurrió una idea: bajé hasta la avenida [27], busqué un café y llamé por teléfono. Lo hice sin pensar qué diría para justificar un llamado a semejante hora. Cuando me atendieron, después de haber llamado durante unos cinco minutos, me quedé paralizado, sin abrir la boca. Colgué el tubo, despavorido, salí del café y comencé a caminar al azar. De pronto me encontré nuevamente en el café. Para no llamar la atención, pedí una ginebra y mientras la bebía me propuse volver a mi casa.

---

[27] *la avenida* probablemente se refiere a la avenida del Libertador General San Martín, cercana a la calle Posadas donde vive María.

Al cabo de un tiempo bastante largo me encontré por fin en el taller. Me eché, vestido, sobre la cama y me dormí.

## XXII

Desperté tratando de gritar y me encontré de pie en medio del taller. Había soñado esto: teníamos que ir, varias personas, a la casa de un señor que nos había citado. Llegué a la casa, que desde afuera parecía como cualquier otra, y entré. Al entrar tuve la certeza instantánea de que no era así, de que era diferente a las demás. El dueño me dijo:

—Lo estaba esperando.

Intuí que había caído en una trampa y quise huir. Hice un enorme esfuerzo, pero era tarde: mi cuerpo ya no me obedecía. Me resigné a presenciar lo que iba a pasar, como si fuera un acontecimiento ajeno a mi persona. El hombre aquel comenzó a transformarme en pájaro, en un pájaro de tamaño humano. Empezó por los pies: vi cómo se convertían poco a poco en unas patas de gallo o algo así. Después siguió la transformación de todo el cuerpo, hacia arriba, como sube el agua en un estanque. Mi única esperanza estaba ahora en los amigos, que inexplicablemente no habían llegado. Cuando por fin llegaron, sucedió algo que me horrorizó: no notaron mi transformación. Me trataron como siempre, lo que probaba que me veían como siempre. Pensando que el mago los ilusionaba de modo que me vieran como una persona normal, decidí referir lo que me había hecho. Aunque mi propósito era referir el fenómeno con tranquilidad, para no agravar la situación irritando al mago con una reacción demasiado violenta (lo que podría inducirlo a hacer algo todavía peor), comencé a contar todo a gritos. Entonces observé dos hechos asombrosos: la frase que quería pronunciar salió convertida en un áspero chillido de pájaro, un chillido desesperado y extraño, quizá por lo que encerraba de humano; y, lo que era infinitamente peor, mis amigos no oyeron ese chillido, como no habían visto mi cuerpo de gran pájaro; por el contrario, parecían oír mi voz habitual diciendo cosas habituales, porque en ningún momento mostraron el menor asombro. Me callé, espantado. El dueño de casa me miró entonces con un sarcástico brillo en sus ojos, casi imperceptible y en todo caso sólo advertido por mí. Entonces comprendí que *nadie, nunca,* sabría que yo había sido transformado en pájaro. Estaba perdido para siempre y el secreto iría conmigo a la tumba.

## XXIII

Como dije, cuando desperté estaba en medio de la habitación, de pie, bañado en un sudor frío.

Miré el reloj: eran las diez de la mañana. Corrí al teléfono. Me dijeron que se había ido a la estancia. Quedé anonadado. Durante largo tiempo permanecí echado en la cama, sin decidirme a nada, hasta que resolví escribirle una carta.

No recuerdo ahora las palabras exactas de aquella carta, que era muy larga, pero más o menos le decía que me perdonase, que yo era una basura, que no merecía su amor, que estaba condenado, con justicia, a morir en la soledad más absoluta.

Pasaron días atroces, sin que llegara respuesta. Le envié una segunda carta y luego una tercera y una cuarta, diciendo siempre lo mismo, pero cada vez con mayor desolación. En la última, decidí relatarle todo lo que había pasado aquella noche que siguió a nuestra separación. No escatimé detalle ni bajeza, como tampoco dejé de confesarle la tentación de suicidio. Me dio vergüenza usar eso como arma, pero la usé. Debo agregar que mientras describía mis actos más bajos y la desesperación de mi soledad en la noche, frente a su casa de la calle Posadas, sentía ternura para conmigo mismo y hasta lloré de compasión. Tenía muchas esperanzas de que María sintiese algo parecido al leer la carta y con esa esperanza me puse bastante alegre. Cuando despaché la carta, certificada, estaba francamente optimista.

A vuelta de correo llegó una carta de María, llena de ternura. Sentí que algo de nuestros primeros instantes de amor volvería a reproducirse, si no con la maravillosa transparencia original, al menos con algunos de sus atributos esenciales, así como un rey es siempre un rey, aunque vasallos infieles y pérfidos lo hayan momentáneamente traicionado y enlodado.

Quería que fuera a la estancia. Como un loco, preparé una valija, una caja de pinturas y corrí a la estación Constitución [28].

## XXIV

La estación *Allende* es una de esas estaciones de campo con unos cuantos paisanos, un jefe en mangas de camisa, una volanta [29] y unos tarros de leche.

Me irritaron dos hechos: la ausencia de María y la presencia de un chofer.

Apenas descendí, se me acercó y me preguntó:

—¿Usted es el señor Castel?

—No —respondí serenamente—. No soy el señor Castel.

En seguida pensé que iba a ser difícil esperar en la estación el tren de vuelta; podría tardar medio día o cosa así. Resolví, con malhumor, reconocer mi identidad.

—Sí, —agregué, casi inmediatamente—, soy el señor Castel.

El chofer me miró con asombro.

—Tome —le dije, entregándole mi valija y mi caja de pintura.

Caminamos hasta el auto.

---

[28] *estación Constitución:* estación de donde parten los trenes hacia el sur de Buenos Aires.
[29] *volanta:* coche con varas muy largas y ruedas de gran diámetro.

—La señora María ha tenido una indisposición —me explicó el hombre.

«¡Una indisposición!», murmuré con sorna. ¡Cómo conocía esos subterfugios! Nuevamente me acometió la idea de volverme a Buenos Aires, pero ahora, además de la espera del tren había otro hecho: la necesidad de convencer al chofer de que yo no era, efectivamente, Castel o, quizá, la necesidad de convencerlo de que, si bien era el señor Castel, no era loco. Medité rápidamente en las diferentes posibilidades que se me presentaban y llegué a la conclusión de que, en cualquier caso, sería difícil convencer al chofer. Decidí dejarme arrastrar a la estancia. Además, ¿qué pasaría en caso de volverme? Era fácil de prever porque sería la repetición de muchas situaciones anteriores: me quedaría con mi rabia, aumentada por la imposibilidad de descargarla en María, sufriría horriblemente por no verla, no podría trabajar, y todo en honor a una hipotética mortificación de María. Y digo *hipotética* porque jamás pude comprobar si verdaderamente la mortificaban esa clase de represalias.

Hunter tenía cierto parecido con Allende (creo haber dicho ya que son primos); era alto, moreno, más bien flaco; pero de mirada escurridiza. «Este hombre es un abúlico y un hipócrita», pensé. Este pensamiento me alegró (al menos así lo creí en ese instante).

Me recibió con una cortesía irónica y me presentó a una mujer flaca que fumaba con una boquilla larguísima. Tenía acento parisiense, se llamaba Mimí Allende, era malvada y miope.

¿Pero dónde diablos se habría metido María? ¿Estaría indispuesta de verdad, entonces? Yo estaba tan ansioso que me había olvidado casi de la presencia de esos entes. Pero al recordar de pronto mi situación, me di bruscamente vuelta, en dirección a Hunter, para *controlarlo*. Es un método que da excelentes resultados con individuos de este género.

Hunter estaba escrutándome con ojos irónicos, que trató de cambiar instantáneamente.

—María tuvo una indisposición y se ha recostado —dijo—. Pero creo que bajará pronto.

Me maldije mentalmente por distraerme: con aquella gente era necesario estar en constante guardia; además, tenía el firme propósito de levantar un censo de sus formas de pensar, de sus chistes, de sus reacciones, de sus sentimientos: todo me era de gran utilidad con María. Me dispuse, pues, *a escuchar y ver* y traté de hacerlo en el mejor estado de ánimo posible. Volví a pensar que me alegraba el aspecto de general hipocresía de Hunter y la flaca. Sin embargo, mi estado de ánimo era sombrío.

—Así que usted es pintor —dijo la mujer miope, mirándome con los ojos semicerrados, como se hace cuando hay viento con tierra. Ese gesto, provocado seguramente por su deseo de mejorar la miopía sin anteojos [30] (como si con anteojos pudiera ser más fea) aumentaba su aire de insolencia e hipocresía.

—Sí, señora —respondí con rabia—. Tenía la certeza de que era señorita.

—Castel es un magnífico pintor —explicó el otro.

Después agregó una serie de idioteces a manera de elogio, repitiendo esas pavadas que los críticos escribían sobre mí cada vez que había una exposición: «sólido», etcétera. No puedo negar que al repetir esos lugares comunes revelaba cierto sentido del humor. Vi que Mimí volvía a examinarme con los ojitos semicerrados y me puse bastante nervioso, pensando que hablaría de mí. Aún no la conocía bien.

—¿Qué pintores prefiere? —me preguntó como quien está tomando examen.

No, ahora que recuerdo, eso me lo preguntó después que bajamos. Apenas me presentó a esa mujer, que estaba sentada en el jardín, cerca de una mesa donde se habían puesto las cosas para el té, Hunter me llevó adentro, a la pieza [31] que me habían destinado. Mientras subíamos (la casa tenía dos pisos) me explicó que la casa, con algunas mejoras, era casi la misma que había construido el abuelo en el viejo casco [32] de la estancia del bisabuelo. «¿Y a mí qué me importa?», pensaba yo. Era evidente

---

[30] *anteojos:* usado en Argentina corrientemente por gafas.
[31] *pieza:* habitación, cuarto.
[32] *casco:* suelo de una propiedad rural.

que el tipo quería mostrarse sencillo y franco, aunque ignoro con qué objeto. Mientras él decía algo de un reloj de sol o de algo con sol, yo pensaba que María quizá debía estar en alguna de las habitaciones de arriba. Quizá por mi cara escrutadora, Hunter me dijo:

—Acá hay varios dormitorios. En realidad la casa es bastante cómoda, aunque está hecha con un criterio muy gracioso.

Recordé que Hunter era arquitecto. Habría que ver qué entendía por construcciones no graciosas.

—Este es el viejo dormitorio del abuelo y ahora lo ocupo yo —me explicó señalando el del medio, que estaba frente a la escalera.

Después me abrió la puerta de un dormitorio.

—Este es su cuarto —explicó.

Me dejó solo en la pieza y dijo que me esperaría abajo para el té. Apenas quedé solo, mi corazón comenzó a latir con fuerza pues pensé que María podría estar en cualquiera de esos dormitorios, quizá en el cuarto de al lado. Parado en medio de la pieza, no sabía qué hacer. Tuve una idea: me acerqué a la pared que daba al otro dormitorio (no al de Hunter) y golpeé suavemente con mi puño. Esperé respuesta, pero no me contestó. Salí al corredor, miré si no había nadie, me acerqué a la puerta de al lado y mientras sentía una gran agitación levanté el puño para golpear. No tuve valor y volví casi corriendo a mi cuarto. Después decidí bajar al jardín. Estaba muy desorientado.


## XXV


Fue una vez en la mesa que la flaca me preguntó a qué pintores prefería. Cité torpemente algunos nombres: Van Gogh, el Greco. Me miró con ironía y dijo, como para sí:

—*Tiens* [33].

---

[33] *Tiens* (fr.) interjección equivalente a ¡Hombre! ¡Vaya!

Después agregó:

—A mí me disgusta la gente demasiado grande. Te diré —prosiguió dirigiéndose a Hunter— que esos tipos como Miguel Ángel o el Greco me molestan. ¡Es tan agresiva la grandeza y el dramatismo! ¿No crees que es casi mala educación? Yo creo que el artista debería imponerse el deber de no llamar jamás la atención. Me indignan los excesos de dramatismo y de originalidad. Fíjate que ser original es en cierto modo estar poniendo de manifiesto la mediocridad de los demás, lo que me parece de gusto muy dudoso. Creo que si yo pintase o escribiese haría cosas que no llamasen la atención en ningún momento.

—No lo pongo en duda —comentó Hunter con malignidad.

Después agregó:

—Estoy seguro de que no te gustaría escribir, por ejemplo, *Los hermanos Karamazov* [34].

—*Quelle horreur!* [35] —exclamó Mimí, dirigiendo los ojitos hacia el cielo. Después completó su pensamiento—: Todos parecen *nouveaux-riches* de la conciencia, incluso ese *moine,* ¿cómo se llama?..., *Zozime.*

—¿Por qué no decís Zózimo, Mimí? A menos que te decidas a decirlo en ruso.

—Ya empiezas con tus tonterías puristas. Ya sabes que los nombres rusos pueden decirse de muchas maneras. Como decía aquel personaje de una *farce* [36]*:* «Tolstói o Tolstuà, que de las dos maneras se puede y se debe decir.»

—Será por eso —comentó Hunter— que en una traducción española que acabo de leer (directa del ruso, según la editorial) ponen Tolstoi con diéresis en la *i.*

—¡Ay!, me encantan esas cosas —comentó alegremente Mimí—. Yo leí una vez una traducción francesa de Tchékhov [37] donde te encontrabas, por ejemplo, con una

---

[34] *Los hermanos Karamazov:* obra de Fedor Dostoievsky (1821-1881), verdadero maestro de la novela psicológica.

[35] *Quelle horreur* (del fr.). Lit. ¡Qué horror!; *nouveaux-riches* (del fr.) Lit. nuevos ricos; *moine* (del fr.) Lit. fraile, monje.

[36] *farce* (del fr.) Lit. farsa.

[37] Chejov, Antoni novelista y dramaturgo ruso (1860-1904). Son célebres sus obras: *El tío Vania* y *El jardín de los cerezos.*

127

palabra como *ichvochnik* (o algo por el estilo) y había una llamada. Te ibas al pie de la página y te encontrabas con que significaba, pongo por caso, *porteur*[38]. Imagínate que en ese caso no se explica uno por qué no ponen en ruso también palabras como *malgré* o *avant*[39]. ¿No te parece? Te diré que las cosas de los traductores me encantan, sobre todo cuando son novelas rusas. ¿Usted aguanta una novela rusa?

Esta última pregunta la dirigió imprevistamente a mí, pero no esperó respuesta y siguió diciendo, mirando de nuevo a Hunter:

—Fíjate que nunca he podido acabar una novela rusa. Son tan trabajosas... Aparecen millares de tipos y al final resulta que no son más que cuatro o cinco. Pero claro, cuando te empiezas a orientar con un señor que se llama Alexandre, luego resulta que se llama Sacha y luego Sachka y luego Sachenka, y de pronto algo grandioso como Alexandre Alexandrovitch Bunine y más tarde es simplemente Alexandre Alexandrovitch. Apenas te has orientado, ya te despistan nuevamente. Es cosa de no acabar: cada personaje parece una familia. No me vas a decir que no es agotador, mismo para ti.

—Te vuelvo a repetir, Mimí, que no hay motivos para que digas los nombres rusos en francés. ¿Por qué en vez de decir Tchékhov no decís Chéjov, que se parece más al original? Además, ese «mismo» es un horrendo galicismo.

—Por favor —suplicó Mimí—, no te pongas tan aburrido, Luisito. ¿Cuándo aprenderás a disimular tus conocimientos? Eres tan abrumador, tan *épuisant*[40]..., ¿no le parece? —concluyó de pronto, dirigiéndose a mí.

—Sí —respondí casi sin darme cuenta de lo que decía.

Hunter me miró con ironía.

Yo estaba horriblemente triste. Después dicen que soy impaciente. Todavía hoy me admira que haya oído con tanta atención todas esas idioteces y, sobre todo, que las recuerde con tanta fidelidad. Lo curioso es que mientras

---

[38] *porteur* (del fr.) Lit. adj. portador, sust. mozo de equipajes.
[39] *malgré* (del fr.) Lit. a pesar de; *avant* (del fr.) Lit. antes de.
[40] *épuisant* (del fr.) Lit. agotador.

las oía trataba de alegrarme haciéndome esta reflexión: «Esta gente es frívola, superficial. Gente así no puede producir en María más que un sentimiento de soledad. GENTE ASÍ NO PUEDE SER RIVAL.» Y, sin embargo, no lograba ponerme alegre. Sentía que en lo más profundo alguien me recomendaba tristeza. Y al no poder darme cuenta de la raíz de esta tristeza me ponía malhumorado, nervioso; por más que trataba de calmarme prometiéndome examinar el fenómeno cuando estuviese solo. Pensé, también, que la causa de la tristeza podía ser la ausencia de María, pero me di cuenta de que esa ausencia más me irritaba que entristecía. *No era eso.*

Ahora estaban hablando de novelas policiales: oí de pronto que la mujer preguntaba a Hunter si había leído la última novela del *Séptimo círculo* [41].

—¿Para qué? —respondió Hunter—. Todas las novelas policiales son iguales. Una por año, está bien. Pero una por semana me parece demostrar poca imaginación en el lector.

Mimí se indignó. Quiero decir, *simuló que se indignaba.*

—No digas tonterías —dijo—. Son la única clase de novela que puedo leer ahora. Te diré que me encantan. Todo tan complicado y *detectives* tan maravillosos que saben de todo: arte de la época de Ming [42], grafología, teoría de Einstein [43], *base-ball,* arqueología, quiromancia, economía política, estadísticas de la cría de conejos en la India. Y después son tan infalibles que da gusto. ¿No es cierto? —preguntó dirigiéndose nuevamente a mí.

Me tomó tan inesperadamente que no supe qué responder.

—Sí, es cierto —dije, por decir algo.

Hunter volvió a mirarme con ironía.

—Le diré a Georgie [44] que las novelas policiales te re-

---

[41] *Séptimo Círculo:* colección literaria dedicada a obras del género policial.

[42] *época de Ming:* entre 1368 y 1644.

[43] *teoría de Einstein:* la teoría de la relatividad, que cambió las tradicionales teorías acerca del Tiempo y el Espacio.

[44] *Georgie,* tal vez aluda a Borges, admirador de la literatura

vientan —agregó Mimí, mirando a Hunter con severidad.

—Yo no he dicho que me revienten: he dicho que me parecen todas semejantes.

—De cualquier manera se lo diré a Georgie. Menos mal que no todo el mundo tiene tu pedantería. Al señor Castel, por ejemplo, le gustan, ¿no es cierto?

—¿A mí? —pregunté horrorizado.

—Claro —prosiguió Mimí, sin esperar mi respuesta y volviendo la vista nuevamente hacia Hunter— que si todo el mundo fuera tan *savant* [45] como tú no se podría ni vivir. Estoy segura que ya debes tener toda una teoría sobre la novela policial.

—Así es —aceptó Hunter, sonriendo.

—¿No le decía? —comentó Mimí con severidad, dirigiéndose de nuevo a mí y como poniéndome de testigo—. No, si yo a éste lo conozco bien. A ver, no tengas ningún escrúpulo en lucirte. Te debes estar muriendo de las ganas de explicarla.

Hunter, en efecto, no se hizo rogar mucho.

—Mi teoría —explicó— es la siguiente: la novela policial representa en el siglo veinte lo que la novela de caballería en la época de Cervantes. Más todavía: creo que podría hacerse algo equivalente a *Don Quijote*: una sátira de la novela policial. Imaginen ustedes un individuo que se ha pasado la vida leyendo novelas policiales y que ha llegado a la locura de creer que el mundo funciona como una novela de Nicholas Blake o de Ellery Queen [46]. Imaginen que ese pobre tipo se larga finalmente a descubrir crímenes y a proceder en la vida real como procede un *detective* en una de esas novelas. Creo que se podría hacer algo divertido, trágico, simbólico, satírico y hermoso.

---

policial en un tiempo, a quien los amigos más íntimos suelen llamar Georgie.

[45] *savant* (del fr.) Lit. sabio, culto.

[46] *Nicholas Blake:* seudónimo del anglo-irlandés Cecil Day Lewis (1904-1972) poeta de la guerra civil española, crítico y escritor de novelas policíacas. *Ellery Queen:* seudónimo compartido por Manfred B. Lee y Frederic Daunay, autores de novelas policiales, se llama así también el héroe de sus relatos.

—¿Y por qué no lo haces? —preguntó burlonamente Mimí.

—Por dos razones: no soy Cervantes y tengo mucha pereza.

—Me parece que basta con la primera razón —opinó Mimí.

Después se dirigió desgraciadamente a mí:

—Este hombre —dijo señalando de costado a Hunter con su larga boquilla— habla contra las novelas policiales porque es incapaz de escribir una sola, aunque sea la novela más aburrida del mundo.

—Dame un cigarrillo —dijo Hunter, dirigiéndose a su prima. Después agregó—: Cuándo dejarás de ser tan exagerada. En primer lugar, yo no he hablado contra las novelas policiales: simplemente dije que se podría escribir algo así como el *Don Quijote* de nuestra época. En segundo lugar, te equivocas sobre mi absoluta incapacidad para ese género. Una vez se me ocurrió una linda idea para una novela policial.

—*Sans blague* [47] —se limitó a decir Mimí.

—Sí, te digo que sí. Fíjate: un hombre tiene madre, mujer y un chico. Una noche matan misteriosamente a la madre. Las investigaciones de la policía no llegan a ningún resultado. Un tiempo después matan a la mujer; la misma cosa. Finalmente matan al chico. El hombre está enloquecido, pues quiere a todos, sobre todo al hijo. Desesperado, decide investigar los crímenes por su cuenta. Con los habituales métodos inductivos, deductivos, analíticos, sintéticos, etcétera, de esos genios de la novela policial, llega a la conclusión de que el asesino deberá cometer un cuarto asesinato, el día tal, a la hora tal, en el lugar tal. Su conclusión es que el asesino deberá matarlo ahora a él. En el día y hora calculados, el hombre va al lugar donde debe cometerse el cuarto asesinato y espera al asesino. Pero el asesino no llega. Revisa sus deducciones: podría haber calculado mal el lugar: no, el lugar está bien; podría haber calculado mal la hora: no, la hora está bien. La conclusión es horrorosa: *el asesino*

---

[47] *sans blague:* (del fr.) expresión que equivale a ¡no me digas!

*debe estar ya en el lugar.* En otras palabras: *el asesino es él mismo,* que ha cometido los otros crímenes en estado de inconsciencia. El *detective* y el asesino son la misma persona.

—Demasiado original para mi gusto —comentó Mimí—. ¿Y cómo concluye? ¿No decías que debía haber un cuarto asesinato?

—La conclusión es evidente —dijo Hunter, con pereza—: el hombre se suicida. Queda la duda de si se mata por remordimientos o si el yo asesino mata al yo *detective,* como en un vulgar asesinato. ¿No te gusta?

—Me parece divertido. Pero una cosa es contarla así y otra escribir la novela.

—En efecto —admitió Hunter, con tranquilidad.

Después la mujer empezó a hablar de un quiromántico que había conocido en Mar del Plata [48] y de una señora vidente. Hunter hizo un chiste y Mimí se enojó:

—Te imaginarás que tiene que ser algo serio —dijo—. El marido es profesor en la facultad de ingeniería.

Siguieron discutiendo de telepatía y yo estaba desesperado porque María no aparecía. Cuando los volví a atender, estaban hablando del estatuto del peón.

—Lo que pasa —dictaminó Mimí, empuñando la boquilla como una batuta— es que la gente no quiere trabajar más.

Hacia el final de la conversación tuve una repentina iluminación que me disipó la inexplicable tristeza: intuí que la tal Mimí había llegado a último momento y que María no bajaba para no tener que soportar las opiniones (que seguramente conocía hasta el cansancio) de Mimí y su primo. Pero ahora que recuerdo, esta intuición no fue completamente irracional, sino la consecuencia de unas palabras que me había dicho el chofer mientras íbamos a la estancia y en las que yo no puse al principio ninguna atención; algo referente a una prima del señor que acababa de llegar de Mar del Plata, para tomar el té. La cosa era clara: María, desesperada por la llegada repen-

___

[48] *Mar del Plata:* ciudad veraniega de la costa atlántica de la provincia de Buenos Aires.

tina de esa mujer, se había encerrado en su dormitorio pretextando una indisposición; era evidente que no podía soportar a semejantes personajes. Y el sentir que mi tristeza se disipaba con esta deducción me iluminó bruscamente la causa de esa tristeza: al llegar a la casa y ver que Hunter y Mimí eran unos hipócritas y unos frívolos, la parte más superficial de mi alma se alegró, porque veía de ese modo que no había competencia posible en Hunter; pero mi capa más profunda se entristeció al pensar (mejor dicho, *al sentir*) que María formaba también parte de ese círculo y que, de alguna manera, podría tener atributos parecidos.

## XXVI

Cuando nos levantamos de la mesa para caminar por el parque, vi que María se acercaba a nosotros, lo que confirmaba mi hipótesis: había esperado ese momento para acercársenos, evitando la absurda conversación en la mesa.

Cada vez que María se aproximaba a mí en medio de otras personas, yo pensaba: «Entre este ser maravilloso y yo hay un vínculo secreto» y luego, cuando analizaba mis sentimientos, advertía que ella había empezado a serme indispensable (como alguien que uno encuentra en una isla desierta) para convertirse más tarde, una vez que el temor de la soledad absoluta ha pasado, en una especie de lujo que me enorgullecía, y era en esta segunda fase de mi amor en que habían empezado a surgir mil dificultades; del mismo modo que cuando alguien se está muriendo de hambre acepta cualquier cosa, incondicionalmente, para luego, una vez que lo más urgente ha sido satisfecho, empezar a quejarse crecientemente de sus defectos e inconvenientes. He visto en los últimos años emigrados que llegaban con la humildad de quien ha escapado a los campos de concentración, aceptar cualquier cosa para vivir y alegremente desempeñar los trabajos más humillantes; pero es bastante extraño que a un hombre no le baste con haber escapado a la tortura y a la muerte para vivir contento: en cuanto empieza a adquirir nueva seguridad, el orgullo, la vanidad y la soberbia, que al parecer habían sido aniquilados para siempre, comienzan a reaparecer, como animales que hubieran huido asustados; y en cierto modo a reaparecer con mayor petulancia, como avergonzados de haber caído hasta ese punto. No es difícil que en tales circunstancias se asista a actos de ingratitud y de desconocimiento.

Ahora que puedo analizar mis sentimientos con tranquilidad, pienso que hubo algo de eso en mis relaciones con María y siento que, en cierto modo, estoy pagando la insensatez de no haberme conformado con la parte de María que me salvó (momentáneamente) de la soledad. Ese estremecimiento de orgullo, ese deseo creciente de posesión exclusiva debían haberme revelado que iba por mal camino, aconsejado por la vanidad y la soberbia.

En ese momento, al ver venir a María, ese orgulloso sentimiento estaba casi abolido por una sensación de culpa y de vergüenza provocada por el recuerdo de la atroz escena en mi taller, de mi estúpida, cruel y hasta vulgar acusación de «engañar a un ciego». Sentí que mis piernas se aflojaban y que el frío y la palidez invadían mi rostro. ¡Y encontrarme así, en medio de esa gente! ¡Y no poder arrojarme humildemente para que me perdonase y calmase el horror y el desprecio que sentía por mí mismo!

María, sin embargo, no pareció perder el dominio y yo comencé inmediatamente a sentir que la vaga tristeza de esa tarde comenzaba a poseerme de nuevo.

Me saludó con una expresión muy medida, como queriendo probar ante los dos primos que entre nosotros no había más que una simple amistad. Recordé, con un malestar de ridículo, una actitud que había tenido con ella unos días antes. En uno de esos arrebatos de desesperación, le había dicho que algún día quería, al atardecer, mirar, desde una colina, las torres de San Gemignano [49].

---

[49] Se refiere a *San Gimignano:* ciudad de Italia en la que hay

Me miró con fervor y me dijo: «Qué maravilloso, Juan Pablo!» Pero cuando le propuse que nos escapásemos esa misma noche, se espantó, su rostro se endureció y dijo sombríamente: «No tenemos derecho a pensar en nosotros solos. El mundo es muy complicado.» Le pregunté qué quería decir con eso. Me respondió, con acento aún más sombrío: «La felicidad está rodeada de dolor.» La dejé bruscamente, sin saludarla. Más que nunca sentí que jamás llegaría a unirme con ella en forma total y que debía resignarme a tener frágiles momentos de comunión, tan melancólicamente inasibles como el recuerdo de ciertos sueños, o como la felicidad de algunos pasajes musicales.

Y ahora llegaba y controlaba cada movimiento, calculaba cada palabra, cada gesto de su cara. ¡Hasta era capaz de sonreír a esa otra mujer!

Me preguntó si había traído las manchas.

—¡Qué manchas! —exclamé con rabia, sabiendo que malograba alguna complicada maniobra, aunque fuera en favor nuestro.

—Las manchas que prometió mostrarme —insistió con tranquilidad absoluta—. Las manchas del puerto.

La miré con odio, pero ella mantuvo serenamente mi mirada y, por un décimo de segundo, sus ojos se hicieron blandos y parecieron decirme: «Compadéceme de todo eso.» ¡Querida, querida María! ¡Cómo sufrí por ese instante de ruego y de humillación! La miré con ternura y le respondí:

—Claro que las traje. Las tengo en el dormitorio.

—Tengo mucha ansiedad por verlas —dijo, nuevamente con la frialdad de antes.

—Podemos verlas ahora mismo —comenté adivinando su idea.

Temblé ante la posibilidad de que se nos uniera Mimí. Pero María la conocía más que yo, de modo que añadió en seguida algunas palabras que impedían cualquier intento de entrometimiento:

monumentos medievales de los siglos XI-XV, iglesias, palacios y torres.

—Volvemos pronto —dijo.

Y apenas pronunciadas, me tomó del brazo con decisión y me condujo hacia la casa. Observé fugazmente a los que quedaban y me pareció advertir un relámpago intencionado en los ojos con que Mimí miró a Hunter.


## XXVII

Pensaba quedarme varios días en la estancia, pero sólo pasé una noche. Al día siguiente de mi llegada, apenas salió el sol, escapé a pie, con la valija y la caja. Esta actitud puede parecer una locura, pero se verá hasta qué punto estuvo justificada.

Apenas nos separamos de Hunter y Mimí, fuimos adentro, subimos a buscar las presuntas manchas y finalmente bajamos con mi caja de pintura y una carpeta de dibujos, destinada a simular las manchas. Este truco fue ideado por María.

Los primos habían desaparecido, de todos modos. María comenzó entonces a sentirse de excelente humor, y cuando caminamos a través del parque, hacia la costa, tenía verdadero entusiasmo. Era una mujer diferente de la que yo había conocido hasta ese momento, en la tristeza de la ciudad: más activa, más vital. Me pareció también que aparecía en ella una sensualidad desconocida para mí, una sensualidad de los colores y olores: se entusiasmaba extrañamente (extrañamente para mí, que tengo una sensualidad introspectiva, casi de pura imaginación) con el color de un tronco, de una hoja seca, de un bichito cualquiera, con la fragancia del eucalipto mezclada al olor del mar. Y lejos de producirme alegría, me entristecía y desesperanzaba, porque intuía que esa forma de María me era casi totalmente ajena y que, en cambio, de algún modo debía pertenecer a Hunter o a algún otro.

La tristeza fue aumentando gradualmente; quizá también a causa del rumor de las olas, que se hacía a cada instante más perceptible. Cuando salimos del monte v apareció ante mis ojos el cielo de aquella costa, sentí que esa tristeza era ineludible; era la misma de siempre ante la belleza, o por lo menos ante cierto género de belleza. ¿Todos sienten así o es un defecto más de mi desgraciada condición?

Nos sentamos sobre las rocas y durante mucho tiempo estuvimos en silencio, oyendo el furioso batir de las olas abajo, sintiendo en nuestros rostros las partículas de espuma que a veces alcanzaban hasta lo alto del acantilado. El cielo, tormentoso, me hizo recordar el del Tintoretto [50] en el salvamento del sarraceno.

—Cuántas veces —dijo María— soñé compartir con vos este mar y este cielo.

Después de un tiempo, agregó:

—A veces me parece como si esta escena la hubiéramos vivido siempre juntos. Cuando vi aquella mujer solitaria de tu ventana, sentí que eras como yo y que también buscabas ciegamente a alguien, una especie de interlocutor mudo. Desde aquel día pensé constantemente en vos, te soñé muchas veces acá, en este mismo lugar donde he pasado tantas horas de mi vida. Un día hasta pensé en buscarte y confesártelo. Pero tuve miedo de equivocarme, como me había equivocado una vez, y esperé que de algún modo fueras vos el que buscara. Pero yo te ayudaba intensamente, te llamaba cada noche, y llegué a estar tan segura de encontrarte que cuando sucedió, al pie de aquel absurdo ascensor, quedé paralizada de miedo y no pude decir nada más que una torpeza. Y cuando huiste, dolorido por lo que creías una equivocación, yo corrí detrás como una loca. Después vinieron aquellos instantes de la plaza San Martín, en que creías necesario explicarme cosas, mientras yo trataba de desorientarte, vacilando entre la ansiedad de perderte para siempre y el temor de hacerte mal. Trataba de desanimarte, sin embargo, de hacerte pensar que no entendía tus medias palabras, tu mensaje cifrado.

Yo no decía nada. Hermosos sentimientos y sombrías

---

[50] Se refiere al cuadro que se conserva en la Academia de Venecia en el que San Marcos salva a un sarraceno de un naufragio.

ideas daban vueltas en mi cabeza, mientras oía su voz, su maravillosa voz. Fui cayendo en una especie de encantamiento. La caída del sol iba encendiendo una fundición gigantesca entre las nubes del poniente. Sentí que ese momento mágico no se volvería a repetir *nunca*. «Nunca más, nunca más», pensé, mientras empecé a experimentar el vértigo del acantilado y a pensar qué fácil sería arrastrarla al abismo, conmigo.

Oí fragmentos: «Dios mío…, muchas cosas en esta eternidad que estamos juntos…, cosas horribles…, no sólo somos este paisaje, sino pequeños seres de carne y huesos, llenos de fealdad, de insignificancia…»

El mar se había ido transformando en un oscuro monstruo. Pronto la oscuridad fue total y el rumor de las olas allá abajo adquirió sombría atracción: ¡Pensar que era tan fácil! Ella decía que éramos seres llenos de fealdad e insignificancia; pero, aunque yo sabía hasta qué punto era yo mismo capaz de cosas innobles, me desolaba el pensamiento de que también ella podía serlo, que *seguramente* lo era. ¿Cómo? —pensaba—, ¿con quiénes, cuándo? Y un sordo deseo de precipitarme sobre ella y destrozarla con las uñas y de apretar su cuello hasta ahogarla y arrojarla al mar iba creciendo en mí. De pronto oí otros fragmentos de frases: hablaba de un primo, Juan o algo así; habló de la infancia en el campo; me pareció oír algo de hechos «tormentosos y crueles», que habían pasado con ese otro primo. Me pareció que María me había estado haciendo una preciosa confesión y que yo, como un estúpido, la había perdido.

—¡Qué hechos, tormentosos y crueles! —grité.

Pero, extrañamente, no pareció oírme: también ella había caído en una especie de sopor, también ella parecía estar sola.

Pasó un largo tiempo, quizá media hora.

Después sentí que acariciaba mi cara, como lo había hecho en otros momentos parecidos. Yo no podía hablar. Como con mi madre cuando chico, puse la cabeza sobre su regazo y así quedamos un tiempo quieto, sin transcurso, hecho de infancia y de muerte:

¡Qué lástima que debajo hubiera hechos inexplicables

y sospechosos! ¡Cómo deseaba equivocarme, cómo ansiaba que María no fuera más que ese momento! Pero era imposible: mientras oía los latidos de su corazón junto a mis oídos y mientras su mano acariciaba mis cabellos, sombríos pensamientos se movían en la oscuridad de mi cabeza, como en un sótano pantanoso; esperaban el momento de salir, chapoteando, gruñendo sordamente en el barro.

## XXVIII

Pasaron cosas muy raras. Cuando llegamos a la casa encontramos a Hunter muy agitado (aunque es de esos que creen de mal gusto mostrar las pasiones); trataba de disimularlo, pero era evidente que algo pasaba. Mimí se había ido y en el comedor todo estaba dispuesto para la comida, aunque era claro que nos habíamos retardado mucho, pues apenas llegamos se notó un acelerado y eficaz movimiento de servicio. Durante la comida casi no se habló. Vigilé las palabras y los gestos de Hunter porque intuí que echarían luz sobre muchas cosas que se me estaban ocurriendo y sobre otras ideas que estaban por reforzarse. También vigilé la cara de María; era impenetrable. Para disminuir la tensión, María dijo que estaba leyendo una novela de Sartre [51]. De evidente mal humor Hunter comentó:

—Novelas en esta época. Que las escriban, vaya y pase..., ¡pero que las lean!

Nos quedamos en silencio y Hunter no hizo ningún esfuerzo por atenuar los efectos de esa frase. Concluí que tenía algo contra María. Pero como antes que saliéramos para la costa no había nada de particular, inferí que *ese algo* contra María había nacido durante nuestra larga con-

---

[51] *Sartre, Jean-Paul:* (n. 1905) filósofo y escritor francés contemporáneo. Uno de los teóricos de la filosofía existencialista. Autor de ensayos, novelas (*La náusea*), dramas (*Las moscas, Puerta cerrada,* etc.).

versación; era muy difícil admitir que no fuera *a causa* de esa conversación o, mejor dicho, a causa del largo tiempo que habíamos permanecido allá. Mi conclusión fue: Hunter está celoso y eso prueba que entre él y ella hay algo más que una simple relación de amistad y de parentesco. Desde luego, no era necesario que María sintiese amor por él; por el contrario: era más fácil que Hunter se irritase al ver que María daba importancia a otras personas. Fuera como fuese, si la irritación de Hunter era originada por celos, tendría que mostrar hostilidad hacia mí, ya que ninguna otra cosa había entre nosotros. Así fue. Si no hubieran existido otros detalles, me habría bastado con una mirada de soslayo que me echó. Hunter a propósito de una frase de María sobre el acantilado.

Pretexté cansancio y me fui a mi pieza apenas nos levantamos de la mesa. Mi propósito era lograr el mayor número de elementos de juicio sobre el problema. Subí la escalera, abrí la puerta de mi habitación, encendí la luz, golpeé la puerta, como quien la cierra, y me quedé en el vano escuchando. En seguida oí la voz de Hunter que decía una frase agitada, aunque no podía discernir las palabras; no hubo respuestas de María; Hunter dijo otra frase mucho más larga y más agitada que la anterior; María dijo algunas palabras en voz muy baja, superpuestas con las últimas de él, seguidas de un ruido de sillas; al instante oí los pasos de alguien que subía por la escalera: me encerré rápidamente, pero me quedé escuchando a través del agujero de la llave; a los pocos momentos oí pasos que cruzaban frente a mi puerta: eran pasos de mujer. Quedé largo tiempo despierto, pensando en lo que había sucedido y tratando de oír cualquier clase de rumor. Pero no oí nada en toda la noche.

No pude dormir: empezaron a atormentarme una serie de reflexiones que no se me habían ocurrido antes. Pronto advertí que mi primera conclusión era una ingenuidad: había pensado (lo que es correcto) que no era necesario que María sintiese amor por Hunter para que él tuviera celos; esta conclusión me había tranquilizado. Ahora me daba cuenta de que si bien no era necesario, *tampoco era un inconveniente.*

María podía querer a Hunter y, sin embargo, éste sentir celos.

Ahora bien: ¿había motivos para pensar que María tenía algo con su primo? ¡Ya lo creo que había motivos! En primer lugar, si Hunter la molestaba con celos y ella no lo quería, ¿por qué venía a cada rato a la estancia? En la estancia no vivía, ordinariamente, nadie más que Hunter, que era solo (yo no sabía si era soltero, viudo o divorciado, aunque creo que alguna vez María me había dicho que estaba separado de su mujer; pero, en fin, lo importante era que ese señor vivía solo en la estancia). En segundo lugar, un motivo para sospechar de esas relaciones era que María nunca me había hablado de Hunter sino con indiferencia, es decir, con la indiferencia con que se habla de un miembro cualquiera de la familia; pero jamás me había mencionado o insinuado siquiera que Hunter estuviera enamorado de ella y menos que tuviera celos. En tercer lugar, María me había hablado, esa tarde, de sus debilidades. ¿Qué había querido decir? Yo le había relatado en mi carta una serie de cosas despreciables (lo de mis borracheras y lo de las prostitutas) y ella ahora me decía que me comprendía, que también ella no era solamente barcos que parten y parques en el crepúsculo. ¿Qué podía querer decir sino que en su vida había cosas tan oscuras y despreciables como en la mía? ¿No podía ser lo de Hunter una pasión baja de ese género?

Rumié esas conclusiones y las examiné a lo largo de la noche desde diferentes puntos de vista. Mi conclusión final, que consideré rigurosa, fue: *María es amante de Hunter.*

Apenas aclaró, bajé las escaleras con mi valija y mi caja de pinturas. Encontré a uno de los mucamos que había comenzado a abrir las puertas y ventanas para hacer la limpieza: le encargué que saludara de mi parte al señor y que le dijera que me había visto obligado a salir urgentemente para Buenos Aires. El mucamo me miró con ojos de asombro, sobre todo cuando le dije, respondiendo a su advertencia, que me iría a pie hasta la estación.

Tuve que esperar varias horas en la pequeña estación.

Por momentos pensé que aparecería María; esperaba esa posibilidad con la amarga satisfacción que se siente cuando, de chico, uno se ha encerrado en alguna parte porque cree que han cometido una injusticia y espera la llegada de una persona mayor que venga a buscarlo y a reconocer la equivocación. *Pero María no vino.* Cuando llegó el tren y miré hacia el camino por última vez, con la esperanza de que apareciera a último momento, y no la vi llegar, sentí una infinita tristeza.

Miraba por la ventanilla, mientras el tren corría hacia Buenos Aires. Pasamos cerca de un rancho [52]; una mujer, debajo del alero, miró el tren. Se me ocurrió un pensamiento estúpido: «A esta mujer la veo por primera y última vez. No la volveré a ver en mi vida.» Mi pensamiento flotaba como un corcho en un río desconocido. Siguió por un momento flotando cerca de esa mujer bajo el alero. ¿Qué me importaba esa mujer? Pero no podía dejar de pensar que había existido un instante para mí y que nunca más volvería a existir; desde mi punto de vista era como si ya se hubiera muerto; un pequeño retraso del tren, un llamado desde el interior del rancho, y esa mujer no habría existido nunca en mi vida.

Todo me parecía fugaz, transitorio, inútil, impreciso. Mi cabeza no funcionaba bien y María se me aparecía una y otra vez como algo incierto y melancólico. Sólo horas más tarde mis pensamientos empezarían a alcanzar la precisión y la violencia de otras veces.


XXIX


Los días que precedieron a la muerte de María fueron los más atroces de mi vida. Me es imposible hacer un relato preciso de todo lo que sentí, pensé y ejecuté, pues si bien recuerdo con increíble minuciosidad muchos de los acontecimientos, hay horas y hasta días enteros

---

[52] *rancho:* típica vivienda del hombre de campo argentino, con techo de paja.

que se me aparecen como sueños borrosos y deformes. Tengo la impresión de haber pasado días enteros bajo el efecto del alcohol, echado en mi cama o en un banco de Puerto Nuevo. Al llegar a la estación Constitución me recuerdo muy bien entrando al bar y pidiendo varios whiskies seguidos; después recuerdo vagamente que me levanté, que tomé un taxi y que me fui a un bar de la calle 25 de Mayo o quizá de Leandro Alem [53]. Siguen algunos ruidos, música, unos gritos, una risa que me crispaba, unas botellas rotas, luces muy penetrantes. Después me recuerdo pesado y con un terrible dolor de cabeza en un calabozo de comisaría, un vigilante que abría la puerta, un oficial que me decía algo y después me veo caminando nuevamente por las calles y rascándome mucho. Creo que entré nuevamente a un bar. Horas (o días) más tarde alguien me dejaba en mi taller. Luego tuve unas pesadillas en las que caminaba por los techos de una catedral. Recuerdo también un despertar en mi pieza, en la oscuridad y la horrorosa idea de que la pieza se había hecho infinitamente grande y que por más que corriera no podría alcanzar jamás sus límites. No sé cuánto tiempo pudo haber pasado hasta que las primeras luces del alba entraron por el ventanal. Entonces me arrastré hasta el baño y me metí, vestido, en la bañadera [54]. El agua fría empezó a calmarme y en mi cabeza comenzaron a aparecer algunos hechos aislados, aunque destrozados e inconexos, como los primeros objetos que se ven emerger después de una gran inundación: María en el acantilado, Mimí empuñando su boquilla, la estación *Allende,* un almacén frente a la estación que se llamaba *La confianza* o quizá *La estancia,* María preguntándome por las manchas, yo gritando: «¡Qué manchas!», Hunter mirándome torvamente, yo escuchando arriba, con ansiedad, el diálogo entre los primos; un marinero arrojando una botella, María avanzando hacia mí con ojos impenetrables, Mimí diciendo Tchékhov, una mujer inmunda besándome y yo pegándole un tremendo puñetazo, pulgas

---

[53] *25 de mayo y Leandro Alem:* calles de la zona del bajo en Buenos Aires, cercanas al puerto.
[54] *bañadera:* en América se usa corrientemente por bañera.

que me picaban en todo el cuerpo, Hunter hablando de novelas policiales, el chofer de la estancia. También aparecieron trozos de sueños: nuevamente la catedral en una noche negra, la pieza infinita.

Luego, a medida que me enfriaba, aquellos trozos se fueron uniendo a otros que iban emergiendo de mi conciencia y el paisaje fue reconstituyéndose, aunque con la tristeza y la desolación que tienen los paisajes que surgen de las aguas.

Salí del baño, me desnudé, me puse ropa seca y comencé a escribir una carta a María. Primero escribí que deseaba darle una explicación por mi fuga de la estancia (taché «fuga» y puse «ida») Agregué que apreciaba mucho el interés que ella se había tomado por mí (taché «por mí» y puse «por mi persona»). Que comprendía que ella era muy bondadosa y estaba llena de sentimientos puros, a pesar de que, como ella misma me lo había hecho saber, a veces prevalecían «bajas pasiones». Le dije que apreciaba en su justo valor el asunto de la salida de un barco o el asistir sin hablar a un crepúsculo en un parque pero que, como ella podía imaginar (taché «imaginar» y puse «calcular») no era suficiente para mantener o probar un amor: seguía sin comprender cómo era posible que una mujer como ella fuera capaz de decir palabras de amor a su marido y a mí, al mismo tiempo que se acostaba con Hunter. Con el agravante —agregué— de que también se acostaba con el marido y conmigo. Terminaba diciendo que, como ella podría darse cuenta, esa clase de actitudes daba mucho que pensar, etcétera.

Releí la carta y me pareció que, con los cambios anotados, quedaba suficientemente hiriente. La cerré, fui al Correo Central y la despaché certificada.


## XXX


Apenas salí del correo advertí dos cosas: no había dicho en la carta por qué había inferido que ella era amante de Hunter; y no sabía qué me proponía al herirla tan despiadadamente: ¿acaso hacerla cambiar de manera de ser, en caso de ser ciertas mis conjeturas? Eso era evidentemente ridículo. ¿Hacerla correr hacia mí? No era creíble que lo lograra con esos procedimientos. Reflexioné, sin embargo, que en el fondo de mi alma sólo ansiaba que María volviese a mí. Pero, en este caso, ¿por qué no decírselo directamente, sin herirla, explicándole que me había ido de la estancia porque de pronto había advertido los celos de Hunter? Al fin de cuentas, mi conclusión de que ella era amante de Hunter, además de hiriente, era completamente gratuita; en todo caso era una hipótesis, que yo me podía formular con el único propósito de orientar mis investigaciones futuras.

Una vez más, pues, había cometido una tontería, con mi costumbre de escribir cartas muy espontáneas y enviarlas en seguida. *Las cartas de importancia hay que retenerlas por lo menos un día* hasta que se vean claramente todas las posibles consecuencias.

Quedaba un recurso desesperado, ¡el recibo! Lo busqué en todos los bolsillos, pero no lo encontré: lo habría arrojado estúpidamente, por ahí. Volví corriendo al correo, sin embargo, y me puse en la fila de las certificadas. Cuando llegó mi turno, pregunté a la empleada, mientras hacía un horrible e hipócrita esfuerzo para sonreír:

—¿No me reconoce?

La mujer me miró con asombro: seguramente pensó que era loco. Para sacarla de su error, le dije que era la persona que acababa de enviar una carta a la estancia *Los Ombúes.* El asombro de aquella estúpida pareció aumentar y, tal vez con el deseo de compartirlo o de pedir consejo ante algo que no alcanzaba a comprender, volvió su rostro hacia un compañero; me miró nuevamente a mí.

—Perdí el recibo —expliqué.

No obtuve respuesta.

—Quiero decir que necesito la carta y no tengo el recibo —agregué.

La mujer y el otro empleado se miraron, durante un instante, como dos compañeros de baraja.

Por fin, con el acento de alguien que está profundamente maravillado, me preguntó:

—¿Usted quiere que le devuelvan la carta?

—Así es.

—¿Y ni siquiera tiene el recibo?

Tuve que admitir que, en efecto, no tenía ese importante documento. El asombro de la mujer había aumentado hasta el límite. Balbuceó algo que no entendí y volvió a mirar a su compañero.

—Quiere que le devuelvan una carta —tartamudeó.

El otro sonrió con infinita estupidez, pero con el propósito de querer mostrar viveza. La mujer me miró y me dijo:

—Es completamente imposible.

—Le puedo mostrar documentos —repliqué, sacando unos papeles.

—No hay nada que hacer. El reglamento es terminante.

—El reglamento, como usted comprenderá, debe estar de acuerdo con la lógica —exclamé con violencia, mientras comenzaba a irritarme un lunar con pelos largos que esa mujer tenía en la mejilla.

—¿Usted conoce el reglamento? —me preguntó con sorna.

—No hay necesidad de conocerlo, señora —respondí fríamente, sabiendo que la palabra *señora* debía herirla mortalmente.

Los ojos de la harpía brillaban ahora de indignación.

—Usted comprende, señora, que el reglamento no puede ser ilógico: tiene que haber sido redactado por una persona normal, no por un loco. Si yo despacho una carta y al instante vuelvo a pedir que me la devuelvan porque me he olvidado de algo esencial, lo lógico es que se atienda mi pedido. ¿O es que el correo tiene empeño en hacer llegar cartas incompletas o equívocas? Es perfectamente claro y razonable que el correo es un medio de comunicación, no un medio de compulsión: el correo no puede *obligar* a mandar una carta si yo no quiero.

—Pero usted lo quiso —respondió.

—¡Sí! —grité—, ¡pero le vuelvo a repetir que *ahora no lo quiero!*

—No me grite, no sea mal educado. Ahora es tarde.

—No es tarde porque la carta está allí —dije, señalando hacia el resto de las cartas despachadas.

La gente comenzaba a protestar ruidosamente. La cara de la solterona temblaba de rabia. Con verdadera repugnancia, sentí que todo mi odio se concentraba en el lunar.

—Yo le puedo probar que soy la persona que ha mandado la carta —repetí, mostrándole unos papeles personales.

—No grite, no soy sorda —volvió a decir—. Yo no puedo tomar semejante decisión.

—Consulte al jefe, entonces.

—No puedo. Hay demasiada gente esperando. Acá tenemos mucho trabajo, ¿comprende?

—Este asunto forma parte del trabajo —expliqué.

Algunos de los que estaban esperando propusieron que me devolvieran la carta de una vez y se siguiera adelante. La mujer vaciló un rato, mientras simulaba trabajar en otra cosa; finalmente fue adentro y al cabo de un largo rato volvió con un humor de perro. Buscó en el cesto.

—¿Qué estancia? —preguntó con una especie de silbido de víbora.

—Estancia *Los Ombúes* —respondí con venenosa calma.

Después de una búsqueda falsamente alargada, tomó la carta en sus manos y comenzó a examinarla como si la ofrecieran en venta y dudase de las ventajas de la compra.

—Sólo tiene iniciales y dirección —dijo.

—¿Y eso?

—¿Qué documentos tiene para probarme que es la persona que mandó la carta?

—Tengo el borrador —dije, mostrándolo.

Lo tomó, lo miró y me lo devolvió.

—¿Y cómo sabemos que es el borrador de la carta?

—Es muy simple: abramos el sobre y lo podemos verificar.

La mujer dudó un instante, miró el sobre cerrado y luego me dijo:

—¿Y cómo vamos a abrir esta carta si no sabemos que es suya? Yo no puedo hacer eso.

La gente comenzó a protestar de nuevo. Yo tenía ganas de hacer alguna barbaridad.

—Ese documento no sirve —concluyó la harpía.

—¿Le parece que la cédula de identidad será suficiente? —pregunté con irónica cortesía.

—¿La cédula de identidad?

Reflexionó, miró nuevamente el sobre y luego dictaminó:

—No, la cédula sola no, porque acá sólo están las iniciales. Tendrá que mostrarme también un certificado de domicilio. O si no la libreta de enrolamiento[55], porque en la libreta figura el domicilio.

Reflexionó un instante más y agregó:

—Aunque es difícil que usted no haya cambiado de casa desde los dieciocho años. Así que casi seguramente va a necesitar también certificado de domicilio.

Una furia incontenible estalló por fin en mí y sentí que alcanzaba también a María y, lo que es más curioso, a Mimí.

—¡Mándela usted así y váyase al infierno! —le grité, mientras me iba.

Salí del correo con un ánimo de mil diablos y hasta pensé si, volviendo a la ventanilla, podría incendiar de alguna manera el cesto de las cartas. ¿Pero cómo? ¿Arrojando un fósforo? Era fácil que se apagara en el camino. Echando previamente un chorrito de nafta, el efecto sería seguro; pero eso complicaba las cosas. De todos modos, pensé esperar la salida del personal de turno e insultar a la solterona.

XXXI

Después de una hora de espera, decidí irme. ¿Qué podía ganar, en definitiva, insultando a esa imbécil? Por otra parte, durante ese lapso rumié una serie de refle-

---

[55] *libreta de enrolamiento:* en Argentina se usa para designar la cartilla militar.

xiones que terminaron por tranquilizarme: la carta estaba muy bien y era bueno que llegase a manos de María. (Muchas veces me ha pasado eso: luchar insensatamente contra un obstáculo que me impide hacer algo que juzgo necesario o conveniente, aceptar con rabia la derrota y finalmente, un tiempo después, comprobar que el destino tenía razón.) En realidad, cuando me puse a escribir la carta, lo hice sin reflexionar mayormente y hasta algunas de las hirientes frases parecían inmerecidas. Pero en ese momento, al volver a pensar en todo lo que antecedió a la carta, recordé de pronto un sueño que tuve en alguna de esas noches de borrachera: espiando desde un escondite me veía a mí mismo, sentado en una silla en el medio de una habitación sombría, sin muebles ni decorados, y, detrás de mí, a dos personas que se miraban con expresiones de diabólica ironía: una era María; la otra era Hunter.

Cuando recordé este sueño, una desconsoladora tristeza se apoderó de mí. Abandoné. la puerta del correo y comencé a caminar pesadamente.

Un tiempo después me encontré sentado en la Recoleta, en un banco que hay debajo de un árbol gigantesco. Los lugares, los árboles, los senderos de nuestros mejores momentos empezaron a transformar mis ideas. ¿Qué era, al fin de cuentas, lo que yo tenía *en concreto* contra María? Los mejores instantes de nuestro amor (un rostro de ella, una mirada tierna, el roce de su mano en mis cabellos) comenzaron a apoderarse suavemente de mi alma, con el mismo cuidado con que se recoge a un ser querido que ha tenido un accidente y que no puede sufrir la brusquedad más insignificante. Poco a poco fui incorporándome, la tristeza fue cambiándose en ansiedad, el odio contra María en odio contra mí mismo y mi aletargamiento en una 'repentina necesidad de correr a mi casa. A medida que iba llegando al taller fui dándome cuenta de lo que quería: hablar, llamarla por teléfono a la estancia, en seguida, sin pérdida de tiempo. ¿Cómo no había pensado antes en esa posibilidad?

Cuando me dieron la comunicación, casi no tenía fuerzas para hablar. Atendió un mucamo. Le dije que necesitaba comunicarme sin pérdida de tiempo con la señora María. Al rato me atendió la misma voz, para decirme que la señora me llamaría dentro de una hora, más o menos.

La espera me pareció interminable.

No recuerdo bien las palabras de aquella conversación por teléfono, pero sí recuerdo que en vez de pedirle perdón por la carta (la causa que me había movido a hablar), concluí por decirle cosas más fuertes que las contenidas en la carta. Claro que eso no sucedió irrazonablemente; la verdad es que yo comencé hablándole con humildad y ternura, pero empezó a exasperarse el tono dolorido de su voz y el hecho de que no respondiese a ninguna de mis preguntas precisas, según su hábito. El diálogo, más bien mi monólogo, fue creciendo en violencia y cuanto más violento era, más dolorida parecía ella y más eso me exasperaba, porque yo tenía plena conciencia de mi razón y de la injusticia de su dolor. Terminé diciéndole a gritos que me mataría, que era una comediante y que necesitaba verla en seguida, en Buenos Aires.

No contestó a ninguna de mis preguntas precisas, pero finalmente, ante mi insistencia y mis amenazas de matarme, me prometió venir a Buenos Aires, al día siguiente, «aunque no sabía para qué».

—Lo único que lograremos —agregó con voz muy débil— es lastimarnos cruelmente, una vez más.

—Si no venís, me mataré —repetí por fin—. Pensalo bien antes de tomar cualquier decisión.

Colgué el tubo sin agregar nada más, y la verdad es que en ese momento estaba decidido a matarme si ella no venía a aclarar la situación. Quedé extrañamente satisfecho al decidirlo. «Ya verá», pensé, como si se tratara de una venganza.

# XXXII

Ese día fue execrable.

Salí de mi taller furiosamente. A pesar de que la vería al día siguiente, estaba desconsolado y sentía un odio sordo e impreciso. Ahora creo que era contra mí mismo, porque en el fondo sabía que mis crueles insultos no tenían fundamento. Pero me daba rabia que ella no se defendiera, y su voz dolorida y humilde, lejos de aplacarme, me enardecía más.

Me desprecié. Esa tarde comencé a beber mucho y terminé buscando líos en un bar de Leandro Alem. Me apoderé de la mujer que me pareció más depravada y luego desafié a pelear a un marinero porque le hizo un chiste obsceno. No recuerdo lo que pasó después, excepto que comenzamos a pelear y que la gente nos separó en medio de una gran alegría. Después me recuerdo con la mujer en la calle. El fresco me hizo bien. A la madrugada la llevé al taller. Cuando llegamos se puso a reír de un cuadro que estaba sobre un caballete. (No sé si dije que, desde la escena de la ventana, mi pintura se fue transformando paulatinamente: era como si los seres y cosas de mi antigua pintura hubieran sufrido un cataclismo cósmico. Ya hablaré de esto más adelante, porque ahora quiero relatar lo que sucedió en aquellos días decisivos.) La mujer miró, riéndose, el cuadro y después me miró a mí, como en demanda de una explicación. Como ustedes supondrán, me importaba un bledo el juicio que aquella desgraciada podría formarse de mi arte. Le dije que no perdiéramos tiempo en pavadas.

Estábamos en la cama, cuando de pronto cruzó por mi cabeza una idea tremenda: la expresión de la rumana se parecía a una expresión que alguna vez había observado en María.

—¡Puta! —grité enloquecido, apartándome con asco—. ¡Claro que es una puta!

La rumana se incorporó como una víbora y me mordió

el brazo hasta hacerlo sangrar. Pensaba que me refería a ella. Lleno de desprecio a la humanidad entera y de odio, la saqué a puntapiés de mi taller y le dije que la mataría como a un perro si no se iba en seguida. Se fue gritando insultos a pesar de la cantidad de dinero que le arrojé detrás.

Por largo tiempo quedé estupefacto en el medio del taller, sin saber qué hacer y sin atinar a ordenar mis sentimientos ni mis ideas. Por fin tomé una decisión: fui al baño, llené la bañadera de agua fría, me desnudé y entré. Quería aclarar mis ideas, así que me quedé en la bañadera hasta refrescarme bien. Poco a poco logré poner el cerebro en pleno funcionamiento. Traté de pensar con absoluto rigor, porque tenía la intuición de haber llegado a un punto decisivo. ¿Cuál era la idea inicial? Varias palabras acudieron a esta pregunta que yo mismo me hacía. Esas palabras fueron: rumana, María, prostituta, placer, simulación. Pensé: estas palabras deben de representar el hecho esencial, la verdad profunda de la que debo partir. Hice repetidos esfuerzos para colocarlas en el orden debido, hasta que logré formular la idea en esta forma terrible, pero indudable: *María y la prostituta han tenido una expresión semejante; la prostituta simulaba placer; María, pues, simulaba placer; María es una prostituta.*

—¡Puta, puta, puta! —grité saltando de la bañadera.

Mi cerebro funcionaba ya con la lúcida ferocidad de los mejores días: vi nítidamente que era preciso terminar y que no debía dejarme embaucar una vez más por su voz dolorida y su espíritu de comedianta. Tenía que dejarme guiar únicamente por la lógica y debía llevar, sin temor, hasta las últimas consecuencias, las frases sospechosas, los gestos, los silencios equívocos de María.

Fue como si las imágenes de una pesadilla desfilaran vertiginosamente bajo la luz de un foco monstruoso. Mientras me vestía con rapidez, pasaron ante mí todos los momentos sospechosos: la primera conversación por teléfono, con la asombrosa capacidad de simulación y el largo aprendizaje que revelaban sus cambios de voz; las oscuras sombras en torno de María que se delataban a través de tantas frases enigmáticas; y ese temor de ella de «hacerme mal», que sólo podía significar «te haré mal con mis mentiras, con mis inconsecuencias, con mis hechos ocultos, con la simulación de mis sentimientos y sensaciones», ya que no podría hacerme mal por amarme de verdad; y la dolorosa escena de los fósforos; y cómo· al comienzo había rehuido hasta mis besos y cómo sólo había cedido al amor físico cuando la había puesto ante el extremo de confesar su aversión o, en el mejor de los casos, el sentido material o fraternal de su cariño; lo que, desde luego, me impedía creer en sus arrebatos de placer, en sus palabras y en sus rostros de éxtasis; y además su precisa experiencia sexual, que difícilmente podía haber adquirido con un filósofo estoico como Allende; y las respuestas sobre el amor a su marido, que sólo permitían inferir una vez más su capacidad para engañar con sentimientos y sensaciones apócrifos; y el círculo de familia, formado por una colección de hipócritas y mentirosos; y el aplomo y la eficacia con que había engañado a sus dos primos con las inexistentes manchas del puerto; y la escena durante la comida, en la estancia, la discusión allá abajo, los celos de Hunter; y aquella frase que se le había escapado en el acantilado: «como me había equivocado una vez»; ¿con quién, cuándo, cómo? y «los hechos tormentosos y crueles» con ese otro primo, palabras que también se escaparon inconscientemente de sus labios, como lo reveló al no contestar mi pedido de aclaración, porque no me oía, simplemente no me oía, vuelta como estaba hacia su infancia, en la quizá única confesión auténtica que había tenido en mi presencia; y, finalmente, esta horrenda escena con la rumana, o rusa, o lo que fuera. ¡Y esa sucia bestia que se había reído de mis cuadros y la frágil criatura que me había alentado a pintarlos tenían la misma expresión en algún momento de sus vidas! ¡Dios mío, si era para desconsolarse por la naturaleza humana, al pensar que entre ciertos instantes de Brahms y una cloaca hay ocultos y tenebrosos pasajes subterráneos!

# XXXIII

Muchas de las conclusiones que extraje en aquel lúcido pero fantasmagórico examen eran hipotéticas, no las podía demostrar, aunque tenía la certeza de no equivocarme. Pero advertí, de pronto, que había desperdiciado, hasta ese momento, una importante posibilidad de investigación: la opinión de otras personas. Con satisfacción feroz y con claridad nunca tan intensa, pensé por primera vez en ese procedimiento y en la persona indicada: Lartigue. Era amigo de Hunter, amigo íntimo. Es cierto que era otro individuo despreciable: había escrito un libro de poemas acerca de la vanidad de todas las cosas humanas, pero se quejaba de que no le hubieran dado el premio nacional. No iba a detenerme en escrúpulos. Con viva repugnancia, pero con decisión, lo llamé por teléfono, le dije que tenía que verlo urgentemente, lo fui a ver a su casa, le elogié el libro de versos y (con gran disgusto suyo, que quería que siguiéramos hablando de él), le hice a boca de jarro una pregunta ya preparada:

—¿Cuánto hace que María Iribarne es amante de Hunter?

Mi madre no preguntaba nunca si habíamos comido una manzana, porque habríamos negado; preguntaba *cuántas,* dando astutamente por averiguado lo que quería averiguar: si habíamos comido o no la fruta; y nosotros, arrastrados sutilmente por ese acento cuantitativo respondíamos que *sólo* habíamos comido una manzana.

Lartigue es vanidoso pero no es zonzo [56]: sospechó que había algo misterioso en mi pregunta y creyó evadirla contestando:

—De eso no sé nada.

Y volvió a hablar del libro y del premio. Con verdadero asco, le grité:

—¡Qué gran injusticia han cometido con su libro!

---

[56] *zonzo:* estúpido, soso.

154

Me fui corriendo. Lartigue no era zonzo, pero no advirtió que sus palabras eran suficientes.

Eran las tres de la tarde. Ya debía estar María en Buenos Aires. Llamé por teléfono desde un café: no tenía paciencia para ir hasta el taller. En cuanto me atendió, le dije:

—Tengo que verte en seguida.

Traté de disimular mi odio porque temía que sospechara algo y no viniese a la cita. Convinimos en vernos a las cinco en la Recoleta, en el lugar de siempre.

—Aunque no veo qué saldremos ganando —agregó tristemente.

—Muchas cosas —respondí—, muchas cosas.

—¿Lo creés? —preguntó con acento de desesperanza.

—Desde luego.

—Pues yo creo que sólo lograremos hacernos un poco más de daño, destruir un poco más el débil puente que nos comunica, herirnos con mayor crueldad... He venido porque lo has pedido tanto, pero debía haberme quedado en la estancia: Hunter está enfermo.

«Otra mentira», pensé.

—Gracias —contesté secamente—. Quedamos, pues, en que nos vemos a las cinco en punto.

María asintió con un suspiro.


XXXIV


Antes de las cinco estuve en la Recoleta, en el banco donde solíamos encontrarnos. Mi espíritu, ya ensombrecido, cayó en un total abatimiento al ver los árboles, los senderos y los bancos que habían sido testigos de nuestro amor. Pensé, con desesperada melancolía, en los instantes que habíamos pasado en aquellos jardines de la Recoleta y de la Plaza Francia y cómo, en aquel entonces que parecía estar a una distancia innumerable, había creído en la eternidad de nuestro amor. Todo era milagroso, alucinante, y ahora todo era sombrío y helado, en un mundo desprovisto de sentido, indiferente. Por un segundo, el espanto de destruir el resto que quedaba de nuestro amor y de quedarme definitivamente solo, me hizo vacilar. Pensé que quizá era posible echar a un lado todas las dudas que me torturaban. ¿Qué me importaba lo que fuera María más allá de nosotros? Al ver esos bancos, esos árboles, pensé que jamás podría resignarme a perder su apoyo, aunque más no fuera que en esos instantes de comunicación, de misterioso amor que nos unía. A medida que avanzaba en estas reflexiones, más iba haciéndome a la idea de aceptar su amor así, sin condiciones y más me iba aterrorizando la idea de quedarme sin nada, absolutamente nada. Y de ese terror fue naciendo y creciendo una modestia como sólo pueden tener los seres que no pueden elegir. Finalmente, empezó a poseerme una desbordante alegría, al darme cuenta de que nada se había perdido y que podía empezar, a partir de ese instante de lucidez, una nueva vida.

Desgraciadamente, María me falló una vez más. A las cinco y media, alarmado, enloquecido, volví a llamarla por teléfono. Me dijeron que se había vuelto repentinamente a la estancia. Sin advertir lo que hacía, le grité a la mucama:

—¡Pero si habíamos quedado en vernos a las cinco!

—Yo no sé nada, señor —me respondió algo asustada—. La señora salió en auto hace un rato y dijo que se quedaría allá una semana por lo menos.

¡Una semana por lo menos! El mundo parecía derrumbarse, todo me parecía increíble e inútil. Salí del café como un sonámbulo. Vi cosas absurdas: faroles, gente que andaba de un lado a otro, como si eso sirviera para algo. ¡Y tanto como le había pedido verla esa tarde, tanto como la necesitaba! ¡Y tan poco que estaba dispuesto a pedirle, a mendigarle! Pero —pensé con feroz amargura— entre consolarme a mí en un parque y acostarse con Hunter en la estancia no podía haber lugar a dudas. Y en cuanto me hice esta reflexión se me ocurrió una idea. No, mejor dicho, tuve la certeza de algo. Corrí las pocas cuadras que faltaban para llegar a mi taller y desde allí llamé nuevamente por teléfono a la casa de Allende. Pregunté si la señora no había recibido un llamado telefónico de la estancia, antes de ir.

—Sí —respondió la mucama, después de una pequeña vacilación.

—¿Un llamado del señor Hunter, no?

La mucama volvió a vacilar. Tomé nota de las dos vacilaciones.

—Sí —contestó finalmente.

Una amargura triunfante me poseía ahora como un demonio. ¡Tal como lo había intuido! Me dominaba a la vez un sentimiento de infinita soledad y un insensato orgullo: el orgullo de no haberme equivocado.

Pensé en Mapelli.

Iba a salir, corriendo, cuando tuve una idea. Fui a la cocina, agarré un cuchillo grande y volví al taller. ¡Qué poco quedaba de la vieja pintura de Juan Pablo Castel! ¡Ya tendrían motivos para admirarse esos imbéciles que me habían comparado a un arquitecto! ¡Como si un hombre pudiera cambiar de verdad! ¿Cuántos de esos imbéciles habían adivinado que debajo de mis arquitecturas y de «la cosa intelectual» había un volcán pronto a estallar? Ninguno. ¡Ya tendrían tiempo de sobra para ver estas columnas en pedazos, estas estatuas mutiladas, estas ruinas humeantes, estas escaleras infernales! Ahí estaban, como un museo de pesadillas petrificadas, como un Museo de la Desesperanza y de la Vergüenza. Pero había algo que quería destruir sin dejar siquiera rastros. Lo miré por última vez, sentí que la garganta se me contraía dolorosamente, pero no vacilé: a través de mis lágrimas vi confusamente cómo caía en pedazos aquella playa, aquella remota mujer ansiosa, aquella espera. Pisoteé los jirones de tela y los refregué hasta convertirlos en guiñapos sucios. ¡Ya nunca más recibiría respuesta aquella espera insensata! Ahora sabía más que nunca que esa espera era completamente inútil!

Corrí a la casa de Mapelli pero no lo encontré: me dijeron que debía de estar en la librería Viau. Fui hasta la librería, lo encontré, lo llevé aparte de un brazo, le dije que necesitaba su auto. Me miró con asombro: me preguntó si pasaba algo grave. No había pensado nada pero se me ocurrió decirle que mi padre estaba muy grave y que no tenía tren hasta el otro día. Se ofreció a llevarme él mismo, pero rehusé: le dije que prefería ir solo. Volvió a mirarme con asombro, pero terminó por darme las llaves.

## XXXV

Eran las seis de la tarde. Calculé que con el auto de Mapelli podía llegar en cuatro horas, de modo que a las diez estaría allá. «Buena hora», pensé.

En cuanto salí al camino a Mar del Plata, lancé el auto a ciento treinta kilómetros y empecé a sentir una rara voluptuosidad, que ahora atribuyo a la certeza de que realizaría por fin algo concreto con ella. Con ella, que había sido como alguien detrás de un impenetrable muro de vidrio, a quien yo podía ver, pero no oír ni tocar; y así, separados por el muro de vidrio, habíamos vivido ansiosamente, melancólicamente.

En esa voluptuosidad aparecían y desaparecían sentimientos de culpa, de odio y de amor: había simulado una enfermedad y eso me entristecía; había acertado al llamar por segunda vez a lo de Allende y eso me amargaba. ¡Ella, María, podía reírse con frivolidad, podía entregarse a ese cínico, a ese mujeriego, a ese poeta falso y presuntuoso! ¡Qué desprecio sentía entonces por ella! Busqué el doloroso placer de imaginar esta última decisión suya en la forma más repelente: por un lado estaba yo, estaba el compromiso de verme esa tarde; ¿para qué?, para hablar de cosas oscuras y ásperas, para ponernos una vez más frente a frente a través del muro de vidrio, para mirar nuestras miradas ansiosas y desesperanzadas, para tratar de entender nuestros signos, para vanamente querer tocarnos, palparnos, acariciarnos a través del muro de vidrio, para soñar una vez más ese sueño imposible.

Por el otro lado estaba Hunter y le bastaba tomar el teléfono y llamarla para que ella corriera a su cama. ¡Qué grotesco, qué triste era todo!

Llegué a la estancia a las diez y cuarto. Detuve el auto en el camino real, para no llamar la atención con el ruido del motor y caminé. El calor era insoportable, había una agobiadora calma y sólo se oía el murmullo del mar. Por momentos, la luz de la luna atravesaba los nubarrones y pude caminar, sin grandes dificultades, por el callejón de entrada, entre los eucaliptos. Cuando llegué a la casa grande, vi que estaban encendidas las luces de la planta baja; pensé que todavía estarían en el comedor.

Se sentía ese calor estático y amenazante que precede a las violentas tempestades de verano. Era natural que salieran después de comer. Me oculté en un lugar del parque que me permitía vigilar la salida de gente por la escalinata y esperé.

## XXXVI

Fue una espera interminable. No sé cuánto tiempo pasó en los relojes, de ese tiempo anónimo y universal de los relojes, que es ajeno a nuestros sentimientos, a nuestros destinos, a la formación o al derrumbe de un amor, a la espera de una muerte. Pero de mi propio tiempo fue una cantidad inmensa y complicada, lleno de cosas y vueltas atrás, un río oscuro y tumultuoso a veces, y a veces extrañamente calmo y casi mar inmóvil y perpetuo donde María y yo estábamos frente a frente contemplándonos estáticamente, y otras veces volvía a ser río y nos arrastraba como en un sueño a tiempos de infancia y yo la veía correr desenfrenadamente en su caballo, con los cabellos al viento y los ojos alucinados, y yo me veía en mi pueblo del sur, en mi pieza de enfermo, con la cara pegada al vidrio de la ventana, mirando la nieve con ojos también alucinados. Y era como si los dos hubiéramos estado viviendo en pasadizos o túneles paralelos, sin saber que íbamos el uno al lado del otro, como almas semejantes en tiempos semejantes, para encontrarnos al fin de esos pasadizos, delante de una escena pintada por mí, como clave destinada a ella sola, como un secreto anuncio de que ya estaba yo allí y que los pasadizos se habían por fin unido y que la hora del encuentro había llegado.

¡La hora del encuentro había llegado! Pero ¿realmente los pasadizos se habían unido y nuestras almas se habían comunicado? ¡Qué estúpida ilusión mía había sido todo esto! No, los pasadizos seguían paralelos como antes, aunque ahora el muro que los separaba fuera como un muro de vidrio y yo pudiese verla a María como una figura silenciosa e intocable... No, ni siquiera ese muro era siempre así: a veces volvía a ser de piedra negra y entonces yo no sabía qué pasaba del otro lado, qué era de ella en esos intervalos anónimos, qué extraños sucesos acontecían; y hasta pensaba que en esos momentos su rostro cambiaba y que una mueca de burla lo deformaba y que quizá había risas cruzadas con otro y que toda la historia de los pasadizos era una ridícula invención o creencia mía y que *en todo caso había un solo túnel, oscuro y solitario: el mío, el túnel en que había transcurrido mi infancia, mi juventud, toda mi vida.* Y en uno de esos trozos transparentes del muro de piedra yo había visto a esta muchacha y había creído ingenuamente que venía por otro túnel paralelo al mío, cuando en realidad pertenecía al ancho mundo, al mundo sin límites de los que no viven en túneles; y quizá se había acercado por curiosidad a una de mis extrañas ventanas y había entrevisto el espectáculo de mi insalvable soledad, o le había intrigado el lenguaje mudo, la clave de mi cuadro. Y entonces, mientras yo avanzaba siempre por mi pasadizo, ella vivía afuera su vida normal, la vida agitada que llevan esas gentes que viven afuera, esa vida curiosa y absurda en que hay bailes y fiestas y alegría y frivolidad. Y a veces sucedía que cuando yo pasaba frente a una de mis ventanas ella estaba esperándome muda y ansiosa (¿por qué esperándome? ¿y por qué muda y ansiosa?); pero a veces sucedía que ella no llegaba a tiempo o se olvidaba de este pobre ser encajonado, y entonces yo, con la cara apretada contra el muro de vidrio, la veía a lo lejos sonreír o bailar despreocupadamente o, lo que era peor, no la veía en absoluto y la imaginaba en lugares inaccesibles o torpes. Y entonces sentía que mi destino era infinitamente más solitario que lo que había imaginado.

## XXXVII

Después de este inmenso tiempo de mares y túneles, bajaron por la escalinata. Cuando los vi del brazo, sentí que mi corazón se hacía duro y frío como un pedazo de hielo.

Bajaron lentamente, como quienes no tienen ningún apuro. «¿Apuro de qué?», pensé con amargura. Y, sin embargo, ella sabía que yo la necesitaba, que esa tarde la había esperado, que habría sufrido horriblemente cada uno de los minutos de inútil espera. Y, sin embargo, ella *sabía* que en ese mismo momento en que gozaba en calma yo estaría atormentado en un minucioso infierno de razonamientos, de imaginaciones. ¡Qué implacable, qué fría, qué inmunda bestia puede haber agazapada en el corazón de la mujer más frágil! Ella podía mirar el cielo tormentoso como lo hacía en ese momento y caminar del brazo de él (¡del brazo de ese grotesco individuo!), caminar lentamente del brazo de él por el parque, aspirar sensualmente el olor de las flores, sentarse a su lado sobre la hierba; y no obstante, sabiendo que en ese mismo instante yo, que la habría esperado en vano, que ya habría hablado a su casa y sabido de su viaje a la estancia, estaría en un desierto negro, atormentado por infinitos gusanos hambrientos, devorando anónimamente cada una de mis vísceras.

¡Y hablaba con ese monstruo ridículo! ¿De qué podría hablar María con ese infecto personaje? ¿Y en qué lenguaje?

¿O sería yo el monstruo ridículo? ¿Y no se estarían riendo de mí en ese instante? ¿Y no sería yo el imbécil, el ridículo hombre del túnel y de los mensajes secretos?

Caminaron largamente por el parque. La tormenta estaba ya sobre nosotros, negra, desgarrada por los relámpagos y truenos. El pampero [57] soplaba con fuerza y comenzaron las primeras gotas. Tuvieron que correr a refugiarse en la casa. Mi corazón comenzó a latir con dolorosa violencia. Desde mi escondite, entre los árboles, sentí que asistía, por fin, a la revelación de un secreto abominable pero muchas veces imaginado.

Vigilé las luces del primer piso, que todavía estaba completamente a oscuras. Al poco tiempo vi que se encendía la luz del dormitorio central, el de Hunter. Hasta ese instante, todo era normal: el dormitorio de Hunter estaba frente a la escalera y era lógico que fuera el primero en ser iluminado. Ahora debía encenderse la luz de la otra pieza. Los segundos que podía emplear María en ir desde la escalera hasta la pieza estuvieron tumultuosamente marcados por los salvajes latidos de mi corazón.

Pero la otra luz no se encendió.

¡Dios mío, no tengo fuerzas para decir qué sensación de infinita soledad vació mi alma! Sentí como si el último barco que podía rescatarme de mi isla desierta pasara a lo lejos sin advertir mis señales de ·desamparo. Mi cuerpo se derrumbó lentamente, como si le hubiera llegado la hora de la vejez.

## XXXVIII

De pie entre los árboles agitados por el vendaval, empapado por la lluvia, sentí que pasaba un tiempo implacable. Hasta que, a través de mis ojos mojados por el agua y las lágrimas, vi que una luz se encendía en otro dormitorio.

---

[57] *pampero*: viento fuerte y frío que se origina en las pampas argentinas.

Lo que sucedió luego lo recuerdo como una pesadilla. Luchando con la tormenta, trepé hasta la planta alta por la reja de una ventana. Luego, caminé por la terraza hasta encontrar una puerta. Entré a la galería interior y busqué su dormitorio: la línea de luz debajo de su puerta me la señaló inequívocamente. Temblando empuñé el cuchillo y abrí la puerta. Y cuando ella me miró con ojos alucinados, yo estaba de pie, en el vano de la puerta. Me acerqué a su cama y cuando estuve a su lado, me dijo tristemente:

—¿Qué vas a hacer, Juan Pablo?

Poniendo mi mano izquierda sobre sus cabellos, le respondí:

—Tengo que matarte, María. Me has dejado solo.

Entonces, llorando, le clavé el cuchillo en el pecho. Ella apretó las mandíbulas y cerró los ojos y cuando yo saqué el cuchillo chorreante de sangre, los abrió con esfuerzo y me miró con una mirada dolorosa y humilde. Un súbito furor fortaleció mi alma y clavé muchas veces el cuchillo en su pecho y en su vientre.

Después salí nuevamente a la terraza y descendí con un gran ímpetu, como si el demonio ya estuviera para siempre en mi espíritu. Los relámpagos me mostraron, por última vez, un paisaje que nos había sido común.

Corrí a Buenos Aires. Llegué a las cuatro o cinco de la madrugada. Desde un café telefoneé a la casa de Allende, lo hice despertar y le dije que debía verlo sin pérdida de tiempo. Luego corrí a Posadas. El polaco estaba esperándome en la puerta de calle. Al llegar al quinto piso, vi a Allende frente al ascensor, con los ojos inútiles muy abiertos. Lo agarré de un brazo y lo arrastré dentro. El polaco, como un idiota, vino detrás y me miraba asombrado. Lo hice echar. Apenas salió, le grité al ciego:

—¡Vengo de la estancia! ¡María era la amante de Hunter!

La cara de Allende se puso mortalmente rígida.

—¡Imbécil! —gritó entre dientes, con un odio helado.

Exasperado por su incredulidad, le grité:

—¡Usted es el imbécil! ¡María era también mi amante y la amante de muchos otros!

Sentí un horrendo placer, mientras el ciego, de pie, parecía de piedra.

—¡Sí! —grité—. ¡Yo lo engañaba a usted y ella nos engañaba a todos! ¡Pero ahora ya no podrá engañar a nadie! ¿Comprende? ¡A nadie! ¡A nadie!

—¡Insensato! —aulló el ciego con una voz de fiera y corrió hacia mí con unas manos que parecían garras. Me hice a un lado y tropezó contra una mesita, cayéndose. Con increíble rapidez, se incorporó y me persiguió por toda la sala, tropezando con sillas y muebles, mientras lloraba con un llanto seco, sin lágrimas, y gritaba esa sola palabra: ¡insensato!

Escapé a la calle por la escalera, después de derribar al mucamo que quiso interponerse. Me poseían el odio, el desprecio y la compasión.

Cuando me entregué, en la comisaría, eran casi las seis.

A través de la ventanita de mi calabozo vi cómo nacía un nuevo día, con un cielo ya sin nubes. Pensé que muchos hombres y mujeres comenzarían a despertarse y luego tomarían el desayuno y leerían el diario e irían a la oficina, o darían de comer a los chicos o al gato, o comentarían el film de la noche anterior.

Sentí que una caverna negra se iba agrandando dentro de mi cuerpo.

## XXXIX

En estos meses de encierro he intentado muchas veces razonar la última palabra del ciego, la palabra *insensato.* Un cansancio muy grande, o quizá oscuro instinto, me lo impide, reiteradamente. Algún día tal vez logre hacerlo y entonces analizaré también los motivos que pudo haber tenido Allende para suicidarse.

Al menos puedo pintar, aunque sospecho que los médicos se ríen a mis espaldas, como sospecho que se rieron durante el proceso cuando mencioné la escena de la ventana.

Sólo existió un ser que entendía mi pintura. Mientras tanto, estos cuadros deben de confirmarlos cada vez más en su estúpido punto de vista. Y los muros de este infierno serán, así, cada día más herméticos.

# Colección Letras Hispánicas